청와대를 떠난 배우

청와대를 떠난 배우

초판 1쇄 인쇄 | 2023년 10월 10일
초판 1쇄 발행 | 2023년 10월 17일

지은이 | 이수련
펴낸이 | 박영욱
펴낸곳 | 북오션

주 소 | 서울시 마포구 월드컵로 14길 62 북오션빌딩
이메일 | bookocean@naver.com
네이버포스트 | post.naver.com/bookocean
페이스북 | facebook.com/bookocean.book
인스타그램 | instagram.com/bookocean777
유튜브 | 쏠쏠TV·쏠쏠라이프TV
전 화 | 편집문의: 02-325-9172   영업문의: 02-322-6709
팩 스 | 02-3143-3964

출판신고번호 | 제 2007-000197호

ISBN 978-89-6799-788-5 (03810)

청와대를 떠난 배우

이수련 에세이

북오션

★ 추천사 ★

처음 만났을 때는 대한민국 여성 최초 대통령 경호관, 두 번째 만났을 때는 창의공학 연구학도 그리고 이제는 배우이자 방산 앰버서더에 이르기까지 볼 때마다 다른 모습을 보여주는 저자의 반짝이는 눈빛은 늘 한결같습니다. 이미 이루어 낸 안정적인 성과에 그치지 않고 끊임없이 도전하며 새로운 길을 개척해 나가는 저자의 남다른 용기와 도전정신이 많은 젊은이에게 신선한 자극이 되길 바랍니다. _ 김우식 前 과학기술부총리

한결같은 성실함으로 새벽마다 연무관(체육관)의 잠을 깨우고 자신의 한계와 기준을 뛰어넘기 위해 수련하며, 대한민국 최초 공채 여성 경호관임을 자랑스럽게 여기며 활동하던 저자의 모습을 기억합니다. 가슴 뛰는 자신의 꿈을 위해 새로운 도전을 멈추지 않는 저자의 용기에 찬사와 박수를 보내며, 다양한 경험들과 노력이 어우러져 인생 희로애락을 오롯이 담아내는 명품 배우로 만개하기를 응원합니다. _ 유연상 前 경호처장

책은, 특히 자신에 대해 쓴 글은 저자의 일생을 가장 빨리 알 수 있는 통로입니다. 책의 첫 페이지를 읽으며 처음 만난 저자를 향

해 책의 마지막 장을 덮는 순간 제 마음엔 한 단어가 남았습니다. '기대감', 사전적 의미 그대로, 그녀의 일이 이루어지길 바라고 기다리는 심정. 앞으로도 끊임없이 열리고 닫힐 인생의 관문들을 그녀는 또 얼마나 호기 있게 박차고 나가 당당하게 서 있을지 기대하지 않을 수 없습니다. _ 백지연 前 앵커(MC, 대학교수)

인생의 주인공뿐 아니라 기획자, 제작자, 감독, 작가마저 스스로의 영역이라 생각하며 자신의 일상을 한 편의 블록버스터로 만들어 가는 저자의 흥미진진한 내일이 제작자이자 관객의 입장에서 진심으로 기대됩니다. _ 이상훈 영화제작자(〈7번 방의 기적〉, 〈킹콩을 들다〉 등)

막연한 미래에 대한 불안과 걱정은 젊은 세대에게 주어진 숙제인 동시에 그들에게 주어진 내일에 대한 가능성에서 비롯된 것이 아닌가 합니다. 끝없는 거절과 선택의 순간 속에서 자신의 가치를 증명하기 위해 치열하게 살아온 저자의 용기를 진심으로 응원하며, 이 시대를 나아가는 많은 젊음에 이 이야기를 꼭 추천하고 싶습니다. _ 조선영 광운대학교 이사장

예상 같은 건 뒤엎고 들어간다

"서울지역 폭염경보. 온열질환으로 인한 사망자가 발생하였으니, 야외활동을 자제하고 휴식으로 건강을 지키세요."

휴대폰에서 아침부터 행정안전부 발송 안전안내 문자가 수차례 울린다. 섭씨 35도를 웃도는 폭염이다. 이런 날씨에는 일거리가 더 많다. 빛과 열을 온몸으로 흡수하는 검은 정장 아래 방탄복까지 착용하고 땡볕 아래 경호 임무를 수행하던 어떤 날보다도 굵고 짠 땀방울이 얼굴을 알아볼 수 없게 감싼 마스크를 적시며 입술로 스며든다. 배달을 의뢰한 가게의 문을 열고 들어가니 카운터에 있던 매니저의 혀를 차는 목소리가 날카롭게 꽂힌다.

"왜 이렇게 늦게 와요? 아휴, 참! 또 도보 배달이네."

손님으로 방문할 때마다 마주했던 봄눈도 녹일 살가운 미소는 찾아볼 수 없다. 가게 안 에어컨에서 쏟아지는 냉기만큼이나 차가운 눈빛은 이제껏 알아 온 것과 전혀 다른 사람이다. '와, 새로운 발견! 저 표정과 목소리, 몸짓 하나까지 잘 기억해놔야지.' 머리부터 발끝까지 배달부의 모습으로 분한 나를 알아볼 리 없는 매니저는 내리뜬 눈길마저 옆으로 흘기며 혀를 끌끌 찬다.

"음식 흔들려서 쏟아지면 배달 기사가 물어내야 하는 거 알죠? 조심해서 잘 가져가요. 빨리요! 점심시간 다 지나가겠네."

"예, 알겠습니다!"

어디선가 들어본 듯한 배달 기사다운(?) 목소리로 대답하고, 메고 온 보온 가방에 음식물이 기울어지지 않게 잘 담는다. 배달의 목적지는 번화가에 위치한 고층 건물 10층의 한 병원이다. 건물 1층 로비에 들어서니 경비 아저씨가 멈춰 세운다.

"음식 배달? 저기, 저 뒤에 주차장 쪽 화물 엘리베이터로 가. 사람들 타고 내리는 엘리베이터는 냄새난다고 민원 들어와서 안 돼."

꽁꽁 닫힌 보온 가방 안에 들어있는 음식물 냄새가 밖으로 새어 나갈 리 없지만, 이미 배달원의 모습만으로도 같은

엘리베이터에 탄 사람들로부터,

"아, 진짜. 냄새나게. 음식 배달은 못 타게 하라니까."

이런 불평을 목덜미가 따갑게 받아온 터라, '아, 배달원은 사람이 아니라 화물이지.' 또 한 번 깨달으며 군소리 없이 화물 엘리베이터로 향한다. 아뿔싸! 화물 엘리베이터가 건물 내 이사업무로 전용 운용 중이란다. 어쩌지? 10층인데! 층고가 높아 한 층에 네 단씩 빙글빙글 올라가야 하는 건물을 10층까지 걸어 올라갈 엄두가 나지 않는다. 문 앞에 두고 인증사진까지 보내달라는 고객의 요청사항에 망설이다 배달업체 관제센터에 전화를 걸어 문의한다.

"라이더님, 정책상 10층까지는 추가 요금 없이 걸어 올라가셔야 하고, 11층부터는 1,000원의 추가 요금을 드립니다. 배달을 수행하지 못하시겠다면 다시 가게에 음식을 가져다 놓으셔야 하고 배달료는 못 드려요."

여기까지 가져온 음식을 다시 얼음장 표정의 매니저에게 돌려주고 한 소리 듣느니 이 한 몸 불살라 10층까지 걸어 올라가는 게 낫다. 10층 계단에 올라서니 허벅지에 남아 있었을 마지막 지방세포 하나마저 장렬히 제 몸을 불태우고 사라지는 게 느껴진다. 고객 요청사항에 따라 병원 문 앞에 두고 인증사진을 촬영하려는 데 유니폼을 입은 직원이 문을 박차고 나온다.

"왜 사람이 먹는 음식을 바닥에 둬요? 더럽게! 아니, 그리고 지금 점심시간 다 지났는데, 언제 먹으라는 거야? 짜증나 진짜!"

사납게 음식을 낚아채 들어가는 직원이 내 면전에서 문을 닫는다. 대꾸할 말도, 그럴 필요도 없다. 방금 10층 건물 왕복 1km의 배달을 수행하고 통장에 꽂힌 2,900원의 배달료. 그 열 배를 넘는 값진 경험이 내 안에 꽂혔다.

나는 사람을 겪고 사람을 배우는 배달 기사다. 여기서 잠깐, '응? 나는 대통령 경호관 출신의 배우 이야기를 들으려고 이 책을 집었는데?' 싶어 책 표지를 다시 확인할 필요는 없다. 배달원은 나의 부캐(*부캐릭터/Multi-persona)의 하나일 뿐, 나는 이렇게 온몸으로 부딪히며 느끼는 경험과 감정을 연기에 녹여내는 배우다. 그리고 나는 대한민국의 여성 1호 대통령 경호관이었다.

이 책을 선택하며 그저 눈부시고 화려한 대통령 경호관과 배우의 이야기를 예상했다면, 당신은 분명 그 이상의 뜻밖의 이야기를 마주하게 될 것이다. 그리고 나는 이제부터 털어놓을 나의 이야기가 당신의 가슴을 다시 두근거리게 하길 바란다.

★ contents ★

chapter 01   나를 키운 9할은 결핍이다

chapter 02   미스 에이전트, 대한민국 1호 여성 대통령 경호관

나를 키운
9 할은 결핍이다

내일이 아무리 막막해 보여도
나는 결국 내일을 향해 달려가고 있다.
그리고 분명한 건, 내가 살아내고 있는 지금 이 순간이
나를 '어떤' 내일로 데려다 줄
신발과 날개가 되어준다는 사실이다.

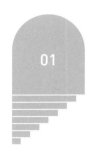

01

아직도 청와대 꿈을 꾸지만,
나는 배우다

　양손 가득 든 꽃다발을 용케도 떨어뜨리지 않고 현관문을 열었다. 거추장스러운 붙임머리와 하루의 무게까지 얹어져 눈꺼풀을 내리 누르던 속눈썹까지 훌훌 떼어 버리고 아껴둔 와인 한 병을 꺼내 모니터 앞에 앉는다. 휴대폰 빼곡히 쌓인 부재중 메시지에는 늦은 시간까지 방송을 보고 축하 인사를 보내온 감사한 마음들과 더불어, 조금 전 시상식에서 내가 뭐라고 했는지 기억조차 나지 않는 수상소감을 녹화한 영상들도 있다.

　"저는 대통령 경호관으로서의 10년 경력을 뒤로하고 지금은 배우로 활동하고 있습니다. 그런 제가 다시 경호관이라는 타이틀을 달고 이 자리에 서게 할 만큼, 이 작품은 제게 큰 동기를 준 작품이었습니다. 이 세상 많은 사람들이 자신의 삶에서 나름의 한계와 기준, 많은 제약을 갖고 살아갑니다. 그 안에서 버텨가며 살아가는 사람이 있는가 하면, 어떤 동기나 감동을 가지고 이겨내려 도전하는 사람도 있습니다. 〈사이렌: 불의 섬〉은 감사하게도 도전하는 우리의 모습을 멋있게 담아내 주셨습니다. 소방, 경호, 스턴트, 국가대표 운동선수, 군인, 경찰 등 이 세상의 모든 사이렌들에게, 우리를 응원해주셔서 감사하고, 우리도 응원한다고 말씀드리고 싶습니다.”

어느덧 새벽 2시를 훌쩍 넘긴 시각. 어제 아침 일찍 집을 나섰는데 어느새 하루가 지나 있다. 하루의 길이도, 오전 오후의 시간관념도 없이 살고 있는 건 경호관이던 때나 배우인 지금이나 다르지 않구나 싶다. 하루를 쪼개어 3일처럼 사는 바쁜 매일이지만 오늘 같은 날은 잠을 자지 않아도 당장 현관문을 박차고 뛰어나가 아침운동을 해도 좋을 만큼 몸도 마음도 가뿐하다.

불과 몇 시간 전, 2023년 ‘청룡시리즈어워즈’에서 내가 출연한 넷플릭스 〈사이렌: 불의 섬〉이 예능 부분 최우수 작품상을 수상했고, 나는 출연자 대표로 수상소감을 말했

'사이렌' 이수련, 최우수예능 수상 "이 세상의 모든 사이렌 응원" (청룡 시리즈어워즈)

입력 2023.07.19. 오후 11:14

다. 작년 이 작품의 섭외가 들어왔을 때부터 촬영을 준비하고 방송이 되는 순간까지도 내내, 이미 배우가 된 지금 다시 '경호관'이라는 타이틀을 달고 이 작품에 참여하는 데 들었던 망설임과 불안, 회의와 같은 수많은 감정으로 혹사했던 지난 시간에 대해 보상이라도 받은 기분이다.

'어쨌든 해보길 잘했다. 결국 해봐야 안다.'

이번에도 나는 혹시 모를 결과를 걱정해 주저하고 망설이기보다는 도전하기를 선택했고, 일단 하기로 한 이상 다시없을 만큼 최선을 다했고, 결국 그 순간들이 나를 오늘로 데려다 놓았다. 하나의 성취감을 맛본 기쁨도 잠시, 정점에 이르렀던 마음은 또다시 롤러코스터를 탄다. 조금 전 시상식에서 수상자로서 소감을 말하면서도 나의 마음은, 지금 이 자리에 선 내가 '경호관' 경력의 서바이벌 참가자가 아닌 '배우'로서 수상소감을 말하고 있으면 좋겠다고 소리치고 있었다.

지금 내 앞에서 눈을 맞추고 귀 기울여 내 소감을 들어주고 있는 저 많은 배우들처럼 다음에는 꼭 배우로서 나를 인정받아 이 자리에 서고 싶다는 마음이 부글부글 끓어오르고 있었다. 퇴직한 지 올해로 꼭 10년이 되었지만 나는 아직도 대한민국 1호 여성 대통령 경호관과 배우의 경계 어딘

18

가에 서 있다. 그만큼 내가 가졌던 경력이 특별하고 가치 있는 것이기 때문이겠지만, 새로운 도전을 진행 중인 나로서는 그 가치를 인정받는 데에 뿌듯함과 동시에 아쉬움도 함께 한다.

나는 아직도 청와대 꿈을 꾼다. 불 꺼진 청와대 경내를 돌며 당직을 서는 꿈, 아침에 연무관에서 운동하는 꿈, 낙하산을 메고 헬기에서 뛰어내리는 꿈. 흔히들 꿈에 대통령을 보면 복권이라도 사야 한다는데, 내게 대통령이 나오는 꿈은 그저 일하는 꿈이다. 오늘같이 길었던 하루의 끝에 나는 또다시 동기들과 경호 행사를 하던 때의 꿈을 꿀지도 모른다. 경호관으로서 청룡 시상식에서 상까지 받다니, 오늘 밤 꿈에 대통령이 나오면 이제는 홀가분한 마음으로 복권을 사도 좋으려나? 나는 여전히, 이루지 못한 수많은 것에 대한 열망과 결핍을 가지고 매일을 도전하며 살아내는, 갈 길이 먼 사람이다.

02

신체적 결핍 :
심장병을 가진 아이

몇 시인지 가늠조차 힘든 어두운 병실 안으로 내 몸 상태를 말해주는 모니터가 내뿜는 불빛들이 소란하다. 규칙적으로 혹은 불규칙적으로 저마다 삑삑대는 기계음, 머리카락 가닥마다 배어있는 병원 냄새. 누군가 내가 탄 휠체어를 민다.

"엄마한테 가자."

보호자용 침대인지 이어 붙인 의자인지 모를 곳에 몸을 잔뜩 구겨 접은 채 옆으로 쪼그린 엄마. 누운 건지 앉은 건지 도통 가늠할 수 없는 자세로 잠이 든 엄마의 얼굴은 지금의 나보다도 젊지만, 나로서는 평생 알 수 없을 그늘로 불

꺼진 병실보다 어둡다. 바닥에 떨어진 얇은 겉옷이라도 들어 자는 엄마의 몸을 덮어주고 싶지만 혹시 엄마가 깰까 봐 조심스럽기만 하다. 이것이 내가 기억하는 가장 오래된 어린 시절의 장면이다. 나중에 엄마와 이야기를 나눠보니 당시 나는 수술을 앞둔 상황이었고, 새벽이라 누가 중환자실에서 휠체어에 태워 데리고 나갈 리 없는 상황이었다는데 내 기억 속에는 참으로 생생하게 남아 있다.

나는 우심방 중격 결손을 가지고 태어난 선천성 심장병 환아였다. 쉽게 말해 심방 사이의 벽에 구멍이 있어 혈류가 생기는 병인데, 대부분 자연적으로 막히지만 내 경우는 그렇지 않아 수술이 필요했다. 워낙 어릴 때라 아프거나 힘든 기억은 전혀 없이 그저 코끝에 감도는 약품 냄새, 몸에 와닿던 서늘한 의료기기의 감촉 정도만 생각날 뿐이다. 내게 남아 있는 최초의 기억이 병원에서의 엄마 얼굴이라니. 아픈 자식을 둔 부모님의 마음고생은 오죽했을까. 당시에는 획기적인 새로운 수술기법이었다지만, 지금도 내 가슴 한복판에 선명히 남은 17cm의 심장 수술 자국은 성인이 되고 나서도 부모님께는 아픈 손가락으로 남기에 충분했다.

덕분에 나는 훗날 발휘될 잠재된 신체 능력과는 무관하

게 병약한 공주로 자라났다. 수술 후 성인이 될 때까지 정기적으로 병원을 찾아 검진을 받아야 했고, 무탈하게 잘 커가고 있다는 결과를 받았어도 부모님, 선생님 등 어른들께는 늘 혹시 모를 우발적 사고 요소를 두루 갖춘 요주의 보호관찰 대상(?)이었다. 주변 어른들도 내가 심장병 환아라는 걸 이미 익히 알고 계신 덕에 밖에 나가 뛰어노는 건 꿈도 꾸지 못했고, 딱히 기억에 남을 유년 시절의 친구도 없을 정도인 걸 보니 그저 집에서 나와 인형놀이를 맞춰주는 두 살 터울의 언니가 유일한 친구였다. 그나마도 활달한 성격으로 또래 친구들 사이에서도 인기가 많던 언니가,

"어린애랑 노는 거 재미없어!"

라고 외치며 동네 친구들과 놀이터에 나가 놀면, 나도 끼워 달라며 쫄래쫄래 따라 나갔다가 미끄럼틀 사이에 머리가 끼거나, 그네를 타다 번지점프를 하는 등 각종 사건을 만들어 내는 통에 결국 "외로워도 슬퍼도 나는 안 울겠다"며 공주 원피스를 입고 집에 앉아 책만 주야장천 읽어댔다. 돌이켜보면 인생을 통틀어 가장 많이 책을 읽었던 시절이 아니었나 싶을 정도로 집에 있는 글자란 글자는 모두 섭렵했다.

무슨 뜻인지 이해는 했는지 모를 괴테의 《파우스트》부

터 염상섭의 《표본실의 청개구리》까지 각종 문학전집을 손에서 놓지 않았다.

"언니는 맨날 나가 노는데, 둘째는 시키지 않아도 책도 많이 읽어. 글쎄, 제 언니 읽으라고 사다 놓은 책까지 벌써 다 읽었다니까."

그래서 부모님께 의도치 않은 칭찬을 받기도 했다. 그로 인해 함께 놀고 싶은 언니의 화만 두 배로 돋웠지만…….

이런 공주 소녀의 인생은 4학년 때 대 전환점을 만났다. 당시 나는 부모님의 직장을 따라 서울에서 인천으로 이사를 갔는데, 역시나 선생님은 반 친구들 앞에서 나를 '심장병 수술을 받은 아껴주어야 할 친구'로 소개하셨다.

"서울에서 학교 다니면 다 공주냐? 재수 없어."

쉬는 시간, 반 개구쟁이 남자아이 하나가 화장실에 가려는 나를 갑자기 세게 밀쳐 넘어뜨렸다. 텃세를 부린 건지 나름의 호감을 표시한 건지, 넘어뜨릴 생각까지는 없었던 듯 제가 저지른 행동에 놀라 사색이 된 개구쟁이의 얼굴과 나를 둘러싸고 "어떻게 해"를 연발하며 제가 다친 듯 울먹이는 여자아이들 속에서 나는 아프다는 생각보다 그저 창피하고 분했다.

"선생님, 큰일 났어요!"

불이라도 난 듯 교무실로 달려가는 아이들의 호들갑이 민망했고, 나를 넘어뜨려 놓고도 제풀에 놀라 울상인 개구쟁이가 보기 싫었다. 그 와중에 나는 아무렇지도 않고 멀쩡한데, 내가 피해자가 된 게 화가 났다. 보란 듯이 저 별것 아닌 녀석과 싸워 이겨 "어른들이 줄기차게 나에 대해 하는 말처럼, 너희들이 생각하는 것처럼 나 그렇게 약하지 않다"고 나의 건강함을 증명하고 싶었다.

"엄마! 나 태권도장 보내주세요."

"아유~ 얘가 무슨 태권도장이야? 고전무용이나 발레라면 모를까."

부모님의 만류에도 나는 기어코 태권도장을 다니기 시작했다. 전학을 온 김에 내 이미지도 바꿔보자! 하얀 도복에 하얀 띠, 이제 막 시작했음에도 머지않아 세상 모든 불의를 무찌를 수 있을 거란 나의 의기양양했던 호기로움. 사람들의 시선을 느끼며 도복을 입고 거리를 다니는 걸 즐겼다. 지금도 가끔 신발을 갈아 신고 들어선 실내 체육시설에서 예상치 못하게, 내가 처음 어색하게 태권도장에 맨발을 내딛던 그날과 비슷한 플라스틱 매트리스의 냄새, 아이들의 왁자지껄한 웃음과 땀 냄새가 섞인 달큰한 공기를 마주하면 병약한 공주에서 세상을 향해 발차기를 시작했던 그 날의 기억이 떠오른다.

원피스 아래 익숙했던 도톰한 타이츠가 아닌, 헐렁한 도복 바지 아래 낯선 맨발로 내디딘 세상은 어쩌면 부모님 말씀에 따라 고전무용이나 발레를 배웠다면 또 달랐을지 모를 미래와 전혀 다른 역동적인 세상으로 나를 이끌었다. 처음 용기를 내기까지의 계기와 각오가 필요했을 뿐, 그 이후 태권도장을 가는 데는 꾸준한 이유가 생겼다. 학교를 마치고 태권도장에 가는 길에 먹는 오백 원짜리 떡꼬치가 별미였고, 같이 도장을 다니며 친해진 든든한 언니 오빠들이 생겼다. 이런저런 재미로 줄기차게 다닌 결과 태권도가 공인 5단까지 되었으니 병약함을 벗어나 건강함을 얻게 된 최고의 성과였다.

"선천성 심장병 환자였던 아이는 그렇게 노력으로 건강해져서 대통령 경호관에 여배우까지 무탈하게 장밋빛 미래를 그려나갔습니다"라는 굴곡 없는 전개였다면 더할 나위 없었을 것이다. 하지만 현실은 언제나 단맛과 짠맛의 연속인 법. 앞으로 써나갈 세세한 일들에 앞서 말하자면, 나와 아픈 아이를 세상에 내어놓은 부모님은 내가 노력해서 얻어

낸 능력치와 무관하게, 이후로도 수많은 기준이 규정해 놓은 '심장병 환자'의 틀에 수없이 부딪히며, 아프고 성장해야 했다. 그래서 나는 일부러 어떤 때에도 나의 영광의 상흔을 가리려 하지 않는다.

"혹시 이수련 배우님, 심장 수술하셨어요? 우리 아이도 그래서 한눈에 알아봤어요. 배우님 수술 흉터 가리지 않고 활동하시는 모습 보면 우리 아이도 배우님처럼 누구보다 강한 대통령 경호관도 할 수 있고, 사람들 앞에서 당당한 배우도 할 수 있다는 용기를 얻을 수 있어 감사합니다."

배우 생활을 하면서 역할 내에서 필요한 경우를 제외하고 화보나 개인 프로필 촬영 등 어떤 상황에서도 가슴 한가운데에 선명한 심장 수술 자국을 지우거나 가리는 옷을 입으려고 한 적이 없다. 수술 자국은 칼에 벤 상처가 아문 자국처럼 빛에 반사되면 고스란히 부각되는데, 대부분의 사람들은 눈길을 주면서도 이유 모를 주저함으로 묻지 않지만 나와 같은 수술 경험이 있거나 그런 자녀를 둔 부모의 경우 단번에 알아보고 아는 체를 해 온다.

특별한 사명감이나 의지가 있어서 하는 행동은 아니다. 그저 내가 이렇게 태어나고 극복하며 살아온 데에 이 기억의 자국을 지우거나 숨길 이유가 없기 때문일 뿐인데, 그로 인해 좋은 영향을 받는 분들이 있다면 덕분에 나 역시 감사할 뿐이다. 내가 선천성 심장병 환자로 태어난 건 내 부모님이나 내가 잘못했거나 의도하였기 때문이 아니다. 나는 나를 염려하고 사랑해 준 모든 사람들 안에서 최선을 다해 내게 주어진 한계를 극복해 왔다. 나는 선천성 심장병 환자로 태어났지만, 대한민국 여성 1호 대통령 경호관이 되었고, 대중 앞에 당당하게 선 배우가 되었다. 그 어떤 순간에도 내게 모자람이나 부족함은 없었다. 내게 주어진 신체의 결핍은 그렇게 나를 성장시켰다.

경제적 결핍 :
IMF가 만든 효녀

"수련이는 피아노를 계속 칠 거니? 성적도 좋으니까 예고 쪽으로 진학해도 좋을 것 같고, 아니면 무난하게 외고 쪽으로 진학 시험 보는 건 어때? 학교에서 외고 진학 대비 경시대회 반 있으니까 방학 때 지원해 볼래? 학생회장 선거에 나가는 것도 내신에 도움이 될 수 있어. 어머님께 학교 한번 오시라고 해라."

남의 속도 모르고. 나를 위해 해주는 얘기임에 분명하지만, 다른 세상의 이야기를 하고 있는 선생님들의 말은 야속하기만 하다.

"나 이번 방학 때 영어 캠프 갈 거다. 영국에서 하는 방학 프로그램 이수하면 어학연수 입시전형에 반영된대. 같이 안 갈래?"

이제껏 매점에서 함께 분식 메뉴를 깨부수던 친구들도 나와는 다른 세상에 살고 있다. 나는 학원 근처도 못 가 봤는데. 중학생인 내가 그나마 줄기차게 다닌 태권도장은 내가 4단을 따고 지도 사범 역할을 하며 학원비를 내지 않고 다닐 수 있었기 때문이다. 예고라니? 이 역시 어릴 적 다니던 동네 피아노 학원에서 영재다, 절대음감이다 띄워준 덕에 각종 콩쿠르에서 입상한 경험이 특기가 되어 선생님들이 입시에 좋겠다고 판단했기 때문이다. 예고라니! 서울에 유명한 예고 진학을 앞둔 내 짝, 내게 "오백 원만!"을 외치며 해맑게 단팥빵을 사 먹는 내 짝이, 매일 수업 끝나고 달려간다는 그 유명한 선생님의 개인레슨 한 번 받아보지 못한 내가 감히 꿈꿔볼 리 만무하다.

나의 중고교 시절은 포기의 연속이었다. 딱히 모자라거나 배고프지 않았지만, 원하는 걸 대놓고 입 밖에 내어 말하지 못할 만큼 괜스레 죄송하고 움츠리게 되는 나날이었다. 부모님은 늘 평소와 다름없이 경제활동을 하셨지만, 내가 하고 싶은 걸 모두 하고 싶다고 말할 수 없다는 것쯤은 온몸으로 느낄 수 있을 정도로 눈치가 빨랐다. 외고 진학 경시대회 반에 참여하려면 프로그램 참가비와 별도의 교재비를 내야 한다. 내신에 좋다는 학생회장 선거에 나가려면 그 역시 이래저래 비용이 든다. 부모님도 자주 학교에 얼굴을 비춰야 하는데, 다른 일로도 이미 몸이 축날 정도로 바쁜 부모님께 그런 부담까지 드릴 수는 없었다.

도대체 장래 희망은 왜 물어보는 걸까? 장래 희망은 진짜 그냥 희망 사항인 것을. 단짝 친구 생일파티에 내가 선물하고 싶었지만 비싼 가격에 슬며시 내려놓을 수밖에 없었던 값비싼 그 무언가 같은 것을. 분명히 있지만 감히 엄두 낼 수 없어 이름조차 애써 외면한 무지갯빛 무언가 같은 것을. 어른들이 공부하라는 이유는 분명하다. 그나마 그게 제일 돈이 안 들고 웬만하면 어물쩍 어른에 닿게 되는 길이니까.

그걸 알면서 자연스레 주변에 거리를 두게 됐다. 이제까지 나와 같은 줄만 알았던 내 친구들은 출발선상에서 이미 나와 훨씬 다른 잘 닦인 길 위에 서 있었다. 다르게 보였다. 다른 세상에 사는 다른 사람들이구나. 방학이 지날 때마다 각종 사교육을 받은 친구들은 갑자기 원어민처럼 영어로 대화하기 시작했고, 다음 학년 진도의 수학문제를 거침없이 풀었다. 혼자서 아무리 해도 안 되는 건 안 되는 거구나.

막연하고 막막했다. 조바심이 났다. 아무리 해도 자꾸만 뒤처졌다. 학교 인근에 있는 학원에서 각 학교에 성적 좋은 학생들에게 장학금을 주고 와서 수업을 들으라고 했다. 덕분에 얼굴에 철판을 깔고 학원이라는 데에 다니며 공짜 수업을 들었다. 그런 시절이었고, 나는 그런 시절에 직격탄을 맞은 사람이었다. 거침없이 내달렸을 질풍노도의 10대를 나는 그렇게 IMF 구제금융 위기와 함께 보냈다.

돈. 학원비도 돈, 등록금도 돈, 교재비도 돈, 체육복도 돈, 수학여행도 돈. 돈, 돈, 돈. 서럽게 빨리 철 든 10대의 나. 눈치 빠르게 등록금 없이 갈 수 있는 대학을 찾았다. 육군사관학교로의 진학이었다. 지금도 크게 다르지 않겠지만 당시 육군사관학교 시험전형은 1차 시험에 이은 2차 신체검사, 체력검정과 면접 그리고 3차로 수능시험 결과가 반영되는 과정이었다. 1차 필기시험은 무난히 통과, 2차 체력 및 면접시험이야 어린 시절부터 태권도로 다져온 체력과 특기까지 있으니 따로 사교육까지 받지 않는다 해도 수능만 망치지 않는다면 합격은 수월할 거라 생각했다. 그래도 사관학교를 준비하는 학생들이 사설 체육학원에서 체력검정 준비도 한다는 이야기를 건너 듣고 막연한 불안감에 사관학교로의 진학을 마음먹은 그날부터 수능준비는 뒷전이고 체력검정을 위해 운동장을 뛰었다. 아침에 등교하고 열 바퀴, 점심을 일찌감치 먹은 후 열 바퀴, 저녁에는 야자 하기 전 열 바퀴. 한 마음으로 응원해주는 친구들이 옆에서 뛰어준 덕에 열 바퀴 정도야 가뿐히 시간 안에 들어오게 됐을 쯤, 선생님과 반 친구들의 응원을 한 몸에 받으며 1박 2일에 걸쳐 진행되는 2차 시험을 위해 학교를 나섰다.

그리고 그날 저녁.

"엄마, 나 데리러 오래……."

"응? 무슨 일이야? 수련아, 왜 울어?"

"나, 뛰어보지도 못했어. 누구보다 잘 뛸 자신 있었는데. 나 심장 수술했다고, 시험 볼 기회도 안 주고……. 미안해, 엄마. 나 1등으로 뛸 자신 있는데. 미안해, 엄마."

육군사관학교 신체검사에서 모집 결격사유인 흉곽 기형(외관상 불균형, 수술, 심폐기능 장애)의 이유로 체력검사조차 받지 못하고 바로 탈락했다. 모집자와 지원자 간 해석의 차이였다. 군의관은 내 목 아래부터 명치까지 길게 이어진 심장 수술 자국을 보고 수술 이유를 묻더니 더 이상 볼 것도 없이 결격사유라고 했다. 수술도 잘 됐고, 지금이야 건강하다지만 앞으로 고된 군사훈련 과정을 이수해야 하는 사관생도를 뽑는 데는 부적합하다고 판단한 것이다.

어린 마음에 너무나 아쉽고 억울했다. 운동장 한 번 뛰어볼 기회조차 주지 않는 것이 너무나 서러웠다. 태어나서 단 한 번도 내 가슴에 있는 수술 자국을 '흉터'나 '약점'이라고 생각해 본 적 없었기에 그 충격이 더욱 컸다.

"한 번만 뛰어보게 해주세요, 저 태권도도 잘해요. 저 진짜 멋진 군인이 될 수 있어요! 왜 뛰어볼 기회도 안 줘요? 심장병 수술은 태어나자마자 한 건데, 이거 가지고 태어나려고 한 것도 아니잖아요. 지금까지 제가 얼마나 건강해지려고 노력해 왔는데, 왜 증명할 기회조차 안 줘요?"

당장 짐을 싸서 돌아가라고, 보호자에게 연락하라는 시험 집행관에게 체력시험이라도 보고 돌아 가게 해 달라고, 나는 매달리며 펑펑 울었다. 무엇보다 다른 것도 아닌 심장 수술로 인한 결격이라는 소식을 듣고 다시 돌아올 엄마의 마음이 어떨지, 그런 엄마를 나는 또 어떤 얼굴로 봐야 할지 마음이 아팠다. 그렇게 서러울 수 없었다. 나는 누구보다 잘 뛸 자신이 있었고, 최고의 체력 성적으로 최고의 사관생도가 될 자신이 있었다. 하지만 현실의 나는 밤 늦은 시각, 집조차 혼자 갈 수 없어 나를 데리러 올 엄마를 기다리며 사관학교 정문에서 서럽게 눈물을 흘리고 있는 '탈락자'에 불과했다.

이른 새벽에 시험 잘 보라며 사관학교 정문까지 나를 데려다주고 떠났던 엄마를 어둠이 짙게 내려앉은 저녁, 하루도 채 지나지 않아 마주한 순간 죄송한 마음에 수도꼭지처럼 눈물이 터져 나왔다.

"내일…… 데리러 오셨어야 했는데……. 죄송해요."

"네가 뭐가 죄송해? 건강하게 낳아주지 못한 엄마 아빠가 미안하지."

"탈락! 짐 싸 들고 집에 가라"는 말과 함께 매몰차게 밀어내던 군의관에게 울며불며 매달렸던 기억이 지금도 생생하다. 그날 군의관의 좀 더 상식적인 판단으로 내가 육사에 갔더라면 내 인생은 어떻게 되었을까? 1박 2일 시험 잘 치르고 온 딸 고기라도 사 먹여야지, 즐겁게 기다렸을 엄마가 늦은 저녁, 헐레벌떡 달려왔던 얼굴이 지금도 눈에 선하다. 1호선 지하철을 타고 늦은 밤 집으로 향하는 내내 서러운 마음에, 나보다 더 마음 아플 부모님에 대한 미안함 때문에 숨기지 않고 소리 내어 엉엉 울던 나와 그 옆에서 아무 말 없이 오히려 입가에 엷은 미소로 내 손을 따뜻이 잡아준 엄마. 나는 그날의 기억을 잊지 못한다.

'더 강한 사람이 돼야지. 다시는 부모님 마음 아프지 않

게, 더 크고 훌륭한 사람이 되어야지.'

그리고 한참 후의 일이지만 결국 나는 군경을 비롯해 수많은 국가기관을 아우르는 대한민국 대통령 경호실 최초의 여성 경호관이 되었다. 인생은 아마도 시련을 통한 간절함이 배가 되어야 마침내 더 나은 길로 닿게 되는가 싶다.

04

경험의 결핍 : 이대 나온 여자

"Hello, my name is Michelle. I'm from California. What's your name?"

(안녕, 나는 캘리포니아에서 온 미셸이야. 네 이름은 뭐야?)

"Ah! Hello, my name is⋯⋯ Charles, I'm from Incheon."

(아, 안녕, 내 이름은⋯⋯ 찰스야. 나는 인천에서 왔어.)

"Charles? So funny, it's boy's name. Where is In⋯⋯ cheon?"

(찰스? 그거 남자 이름이잖아. 웃긴다. 인⋯⋯ 천은 어디야?)

여기가 미국이야 한국이야? 애네 다 외국인이야 뭐야? 유창한 영어로 인사를 건네는 친구의 얼굴을 마주한 순간 목덜미가 뻣뻣하게 굳었다. 주눅이 들어버린 내 목소리가 저절로 기어들어 갔다. '찰스'라니! 난데없이 내 입에서 나온 것도 영어 이름 같은 게 있을 리 없는 내 머릿속 어디선가 뱉어낸 아무 말 대잔치에 불과하다. 그나마 그것도 남자 이름이라니. 쥐구멍이라도 기어들어 가고 싶다. 얼굴이 창피함으로 달아올라 터져버릴 것 같다.

'망했다! 여기는 내가 있을 곳이 아니구나. 재수라도 해야 하나?'

이것이 설렘과 장밋빛 기대로 부풀어야 할 새 학기 첫날, 내 머리를 강타한 생각이었다.

그저 대학에 입학한 것만으로도 안도감이 들었던 나는 신입생 오리엔테이션(OT : Orientation)은 과감히 참석하지 않았다. 사립대학교의 OT 참가비용은 상상을 초월했거니와 등록금 면제인 국공립대학도 못 간 주제에 OT에 보내달라는 말씀을 부모님께 드릴 염치가 없었기 때문이다. 덕분에 대충 언니의 조언에 따라 한 수강신청으로 첫 수업에서야 대면한 친구들과의 만남은 그야말로 충격과 위화감 그 자체였다. 나와 같이 갓 입학한 또래의 친구들은 내가 한 번도 보지 못한 태평양 건너 대륙의 어딘가에 쏟아질 법한 눈부신 햇살 같은 표정으로 서슴없이 '영어로' 인사를 나눈다. 학식이 뭔지, 학교 앞에 무슨 햄버거 가게에 같이 가겠냐는 대화조차 영어 듣기평가와는 차원이 다른 원어민들의 대화다. 내 귀에는 그저 자막이 없어 불편한 영화 대사처럼 띄엄띄엄 아는 단어만이 들렸다.

사교육과는 거리가 먼 초, 중, 고교 시절을 그저 하루하루 버텨내며 살아온 나는 의도치 않게 애지중지 키운 딸자식을 해외까지 유학 보내기가 영 껄끄러운 상류층 부모님들이 차선책으로 선택한다는 이화여대 영문학과에 진학했다. 선천성 심장병으로 사관학교에도 진학하지 못했고, 딱히 이렇다 할 장래 희망이나 하고 싶은 전공이 있는 것도 아닌 나로서는, 그저 성적에 어영부영 맞춘 최선의 선택지였다. 세상이 얼마나 넓고 큰지 가늠조차 할 수 없었던 우물 안 올챙이였던 나는 외국인 전형으로 입학한 학생이 50%가 넘는 사립대학교의 영어영문학과 한복판에 던져졌다.

"이번 학기에 우리는 〈햄릿(Hamlet)〉을 공부할 거에요."

교수님의 말씀에 어리둥절해 하는 내게 옆자리 친구가 친절히 '햄릿'이 '햄릿'의 영국식 발음임을 알려준다. 영국식이고 미국식이고를 떠나 알아듣기 급급한 나와 달리 옆자리

아이들은 너무나 자유자재로 교재를 읽고 영어로 발표했다. 이 아이들은 대체 어디서 뭘 먹고 자란 거지? 전공과 교양을 비롯한 거의 모든 수업에서 겉모습만 한국인인 교수님은 영어로 강의를 진행하셨고, 수업에 쓰이는 모든 교재는 원서였다. 두껍기는 또 얼마나 두꺼운지, 그 옛날 조부모님 댁에서나 보던 전화번호부나 백과사전의 양 뺨을 사정없이 후려칠 정도도. 한 권뿐이겠는가? 이 수업, 저 수업, 한 학기가 끝나면 다른 학기, 졸업까지 매시간 매 수업을 이런 환경에서, 이런 책으로 수업해야 했다.

당연히 여기는 내가 있을 곳이 아니라고 생각했다. 어린 시절을 해외에서 보내 재외국인 특례전형을 거쳐 입학했거나, 조기교육을 통해 자연스럽게 영어로 의사소통하는 친구들 사이에서, 읽고 쓰는 것도 벅찼던 토종 국내파는 매일 밀려오는 열등감에 한없이 작아질 수밖에 없었다. 친구들이 던지는 농담이나 일상 얘기조차 알아듣지 못하는 내가 한심하고 부끄럽게 느껴졌다. 그러나 물러날 곳은 없었다. IMF 세대에 재수가 웬말인가! 그럴 여건도 되지 않거니와 무리해서 딱히 재수한들 엄청나게 다른 성과를 낼 자신도, 달리 하고 싶은 공부가 있는 것도 아니었다. 그래서 내가 가장 잘하는 것, 그저 눈앞에 닥친 현실을 간절하게 버텨내 보기로 했다.

두껍기가 이두근 향상에나 크게 이바지할 법한 원서를 받아 들면 나는 서점으로 달려가 그것과 최대한 비슷한 두께의 한글로 된 번역본 책을 샀다. 그리고 한 줄 한 줄 더듬더듬 읽어나가기 시작했다. 술술, 읽는 즉시 이해가 되는 친구들과 비교해 시간은 두 배 이상 걸릴 수밖에 없었다. 그래도 그냥 했다. 영어로 유창하게 토론하는 친구들 앞에서 처음에는 외워서, 그나마도 떨리는 마음에 외운 게 기억이 나지 않아 떠듬떠듬 대본을 보며 발표했고, 시험을 치렀다. 매일 매 순간 나의 모자람에 한없이 작아지고 창피했고 아쉬웠지만 그래도 그냥 했다. 내가 경험하지 못한 것, 어린 시절을 해외에서 보낸 친구들의 경험과 자연스레 습득한 영어 실력, 그보다 주눅 들거나 눈치 보지 않는 당당함이 부러웠지만 갖지 못한 것에 대한 아쉬움보다는 현실의 나를 인정하고 더 노력하는 게 그 차이를 조금이나마 좁혀나가는 방법이라 생각했다. 그게 그 순간 내가 할 수 있는 최선이고 전부였다.

비싼 등록금에 조금이라도 부모님의 부담을 덜어드리고자 장학금이라도 타고 싶었지만 쉽지 않았다. 집이 멀었던 탓에 조금이라도 교통비를 아끼고자 시간표를 주 3~4일 수업으로 몰아서 짰다. 인천 집에서 버스와 지하철 1호선과 2호선을 갈아타며 학교에 도착하기까지는 꼬박 2시간이 걸렸다. 아침 8시 반에 시작하는 0교시 수업부터 들으려면 고등학생 때와 마찬가지로 일어나야 했다.

그렇게 새벽부터 학교에 가는 길이 고단하기만 했던 건 아니다. 붐비는 지하철에서 내려 상쾌한 공기를 마시며 학교 정문까지 가는 길에는 0교시 전까지만 장사하고 사라지시는 전설의 토스트 아저씨를 만날 수 있는 얼리버드만의 소소한 행복이 있었다. 딱히 속에 엄청난 내용물이 든 것도 아닌데, 어찌나 맛있었는지 지금도 가끔 새벽길을 나설 때면 그런 토스트 노점이 없나 찾아보게 되곤 한다. 정문에서 산(?) 하나는 넘어야 도착하는 학관까지 가는 길에 갓 만든 따뜻한 토스트에 우유 하나로 빈속을 채웠다. 마침내 집 떠난 지 두 시간 만에야 비로소 강의실 의자에 앉는 순간, '아, 나 오늘도 엄청나게 시작했다!'는 남들은 모를 뿌듯함도 만끽했다.

수업이 없는 다른 요일에는 아르바이트를 했다. 어린 학생들을 대상으로 학원강사와 과외도 하며 음식점에서 홀 서빙도 했다. 한여름 복날 무렵에는 시급을 많이 쳐준다 해서 온몸을 타고 땀방울이 흘러내리는 치킨집 오븐 앞에서 석쇠에 닭을 수천 마리씩 끼우기도 했다. 지금도 어디 가서 일머리 있다는 말을 자주 듣는데, 이게 다 그 시절 터득한 짬인가 싶다. 힘들게 아르바이트한 비용을 떼먹히기도 하고, 본인 일정에 맞춰 달라며 수시로 과외 시간을 바꾸다 자기 성질을 이기지 못하고 이유 없이 내게 화풀이하는 과외 학생학부모에게 영문도 모르게 욕을 먹는 일도 있었지만 다들그러려니, 남의 돈 버는 게 쉬울 리 없다고 스스로 다독였다. 조금이나마 등록금에도 보태고, 값비싼 원서 교재도 사고, 교양수업에서 보라는 공연 관람도 하며, 친구들과 학교앞에서 유행하는 음식이라도 사 먹어 가며 없는 티 내지 않으려면 그렇게 살아야 했다.

버텨내기 위한 노력이 조금씩 실력으로 쌓여 학년이 올라감에 따라 원서가 읽히는 속도도 빨라졌고, 유창하지는않더라도 두려움은 없이 영어로 발표도 하게 됐다. 한 학기걸러 한 번씩은 성적 장학금도 받고, 언론정보학을 부전공으로 공부할 여유도 생겼다. 딱히 장래 희망이 없던 어린 시절처럼 대학생활 역시 명확한 비전이나 미래의 큰 꿈은 없었지만(사실 그런 것을 꿈꾸기에 수업을 따라가기도, 아르바이트를 하기에도 바쁜 매일이었다.) 적어도 매 순간을 헛되이 흘려버리진 않으려고 애썼다. 무엇을 더 어떻게 해야 할지 잘 몰랐기에 그저 그 순간 내가 할 수 있는 일에 최선을 다했다.

　분명히 그때도 목표가 확실한 친구들은 있었다. 입학하자마자 휴학계를 내고 고시 공부를 한다거나, 학교에 다니며 유학이나 대학원 진학을 준비하거나, 취업에 대비하는 등 이미 훨씬 먼 미래를 지향하고 준비에 매진한 친구들은 주변에 늘 있었다. 어쩌면 나처럼 부족한 능력과 현실에 쫓겨 하루하루 급급하게 사는 늦된 사람은 극소수였을지도 모른다.

　내 글을 읽는 독자가 화려하고 엄청난 학력과 경력, 배경으로 빛나는 세상을 기대했다면, 내가 줄곧 이야기하는 결핍과 열등감에 실망할지도 모른다. 하지만 나는 나를 이뤄낸 내 인생의 9할이 내가 갖지 못한 결핍이 만들어 낸 간절함 때문이라고 생각한다. 이때만 해도 내가 청와대에 무려 최초의 여성 경호관이 된다거나 심지어 그 길을 박차고 나와 배우가 될 거란 생각은 하늘에 맹세코 미세먼지만큼도 꿈꾸지 못했던 일이다. 그때는 그저 하루하루 쫓겨 살았지만, 어찌어찌 그 순간들이 모여 나는 지금의 내가 되었다.

　아이러니하게도 4년 간의 간절함이 빚어낸 나의 영어

실력은 내가 대통령 경호관이 될 때 큰 장점으로 작용했다. 대통령 경호관은 업무 특성상 보안을 위해 웬만한 영어 소통은 통역을 쓰지 않고 직접 해야 하는 경우가 많은데, 맨땅에 헤딩하듯 발버둥치며 터득한 내 실전 영어는 입사 시험에서도 또 해외 행사나 한국을 방한하는 국빈을 최근접에서 경호하는 데도 4년간의 눈물겨운 인고의 값을 톡톡히 해냈다. 토익학원 다닐 돈이 없어 단 한 번도 다녀본 적 없던 대학 생활이었지만, 나는 이 시간 덕분에, 훗날 대통령 경호실장의 통역관이자 세계 경호책임자 협회의 한국 연락관으로서 영어로 소통하는 막중한 임무를 수행하는 데도 조금의 부족함도 없는 영어 실력을 쌓을 수 있었다.

세상에 없는 세 가지가 정답, 비밀, 공짜라던데 내가 지나온 여정에도 정답은 없었고, 내가 기울인 노력에도 비밀은 없었으며, 내가 얻게 된 성과에도 공짜는 없었다. 정답도 지름길도 없었기에 묵묵히 그 순간 내가 할 수 있는 일을 했다. 언젠가 그 시간은 비밀로 사라지지 않고 그 대가를 차곡차곡 모아 적립해서 마침내 나를 데리러 왔다. 현실이 버거운 그 순간에는 내가 가지고 있는 것, 이뤄낸 것들이 다른 이들에 비해 너무나 하찮게 느껴지기도 했지만 시간이 흐른 후에는 분명히 알 수 있었다. 내가 공들인 시간들은 하나도 버릴 것 없이 나의 미래를 향한 길을 닦아주고 있다는 사실을.

혹시 지금 내 모자란 글을 함께하고 있는 누군가 당시의 나와 닮은 생활을 살고 있다면, 딱히 가진 것도, 잘하는 것도, 하고 싶은 것도 없이 그저 주변에 휩쓸려 흘러가며 살고 있는 자신이 딱하고 대책 없다 생각된다면, 감히 말하건대 그 걱정은 하지 않아도 좋다. 대신, 이게 맞나, 지금 이게 무슨 의미가 있을까, 싶은 것이라도 지금 하는 일을 게을리하지 말기 바란다. 그것이 그저 운동이든, 취미생활이든, 관심도 없는 자격증 준비든, 어쩔 수 없이 해야 하는 아르바이트든, 그 모든 것에 공들인 여러분의 간절한 시간은 고스란히 남아 여러분을 더 나은 미래로 이끌어 줄 것이다. 나의 시간이 분명히 그러했듯 말이다. 운명은 내 편이라 믿고 살자.

05

자존감의 결핍 :
방송과의 첫 인연

"아이고! 또 잘못 들었다. 어떻게 하지? 이놈에 길은 어떻게 올 때마다 헷갈린다니?"

"어떻게 해. 많이 늦는 건 아니지? 일찍 출발했으니까 괜찮을 거야."

해도 뜨지 않은 새벽, 여의도 방송국에 나를 데려다주기 위한 엄마의 운전은 늘 모험의 연속이다. 새벽방송을 위해 인천에서 집을 나서는 시각에는 운행하는 대중교통마저 없어 엄마는 나를 위해 운전면허까지 땄다. 초보운전 실력으로 인천에서 출발해 낯설기만 한 서울로 더듬더듬 향하는 길은 나를 안전히 내려주신 엄마가 홀로 그 길을 되돌아가

집에 도착해서 마침내 TV를 켜고 내가 출연하는 생방송을 볼 때쯤에나 환해졌을 것이다. 돌이켜 생각하면 어찌나 가슴이 먹먹하고 죄송스러운지, 그때는 내비게이션도 없었는데 말이다.

나는 대학교 4학년이 되던 해 모 방송사의 공개모집 리포터로 방송 생활을 시작했다. 그해에는 해당 방송사에서 아나운서를 선발하지 않고 MC, 리포터로 활동할 인재를 공개선발 한다고 해서 아나운서를 준비하던 사람들도 대거 이 선발 과정에 응시했다. 그때 나는 아나운서 시험은커녕 방송사에 입사할 생각도 없었다. 졸업하고 뭘 할지도 생각하지 못하고 살던 나는 TV에서 화면 아래 자막으로 흘러가던 공고를 보고 이 시험에 응시했다. 부전공으로 이수하던 언론정보학 수업을 들으면서 막연히 방송 분야에 관심이 생겼는지 모르지만 구체적인 꿈이나 준비 과정도 없었다. 타고난 성향인지 뭔가 재미있을 것 같은 일이나 호기심이 생기면 일단 해보고야 마는 성미인데 이 기질은 대통령 경호실 공고를 보았을 때도 그랬지만 그보다 훨씬 전 이 방송사 공고에서도 작용했다.

집에 있는 옷 중에서 나름 제일 강렬한 옷을 골라 입었는데, 엄마가 젊은 시절 입다가 장롱 속에 두고 잊어버린 게 분명한 검은색 가죽 치마에 빨간색 가죽 재킷이었다. 전형 과정이 크게 서류전형과 1차 필기시험, 2차는 스튜디오에 서 실제 방송처럼 치러진 실기시험이었는데 아마도 나는 자 기소개와 말도 안 되는 장기 자랑, 즉석에서 대본을 보고 진 행하는 순발력 테스트를 치렀던 것 같다.

대학생활도 고학년쯤 되니 이런저런 뻔뻔함도 늘었고, 한국말로도 어려운 발표수업을 영어로도 밥 먹듯 하다 보니 남들 앞에서 이야기하는데 자신감이 생겼던 걸까? 처음 접 하는 방송국이나 카메라, 조명에도 전혀 떨리는 마음은 없 었다. 한눈에도 전문가의 공들인 손길을 거친 헤어와 메이 크업, 그리고 당장 뉴스를 진행해도 어색하지 않을 듯한 고 급스러운 정장차림의 인형 같은 지원자들이 즐비했지만 같 이 수업을 듣다가도 방학 끝나고 오면 미스코리아, 슈퍼모 델 등이 되어 돌아온 친구들이 즐비했던 어마어마한 여대를 나오다 보니 다행스럽게도 딱히 그런 데에 기가 죽을 리도 없었다.

누구보다 강인한 개성으로 승부를 보자는 내 세월을 역 행한 의상 콘셉트가 통한 건지, 다년간의 아르바이트 경험 으로 웬만한 데서는 지고 들어가지 않는 강인한 기상(?)이

통했는지 수백 대 1의 경쟁률을 뚫고 남자 한 명, 여자 세 명을 뽑는 최종 선발명단에 내 이름도 있었다. 최연소 대학생 합격자. 그렇게 나도 모르게 방송과 나의 첫 인연이 시작됐다.

그 어렵다는 방송사 시험을 졸업하기도 전에 합격했다고 좋아했는데 사실 신분은 정규직원이 아닌 프리랜서였다. 월급을 주진 않았지만 출연하는 프로그램이 있는 경우 출연료를 받을 수 있었다. 딱히 출근할 사무실이나 내 자리가 있는 건 아니었지만 얼굴도장을 찍고 나를 알리기 위해 방송국에 나가 시간을 보냈다.

"안녕하세요, 이번에 선발된 MC 리포터 이수련입니다. 특기로는 영어, 태권도, 피아노 등이 있고 시켜주시면 뭐든지 재밌게 잘할 준비가 딱! 되어 있습니다. 불러만 주세요. 기분~ 업!"

"응? 그게 뭐야? 그런 것도 뽑았나? 그래, 알았어요. 고생이 많네."

내가 누구인지 관심도 없고 눈도 마주치지 않는, 분명히 나를 기억하지 못할 게 분명한 사람들에게 아침마다 공들여 차려입고 나가 나를 인지시키기 위해 방송국의 매 층을 돌아다니며 인사를 드렸다. 없는 돈에 열심히 아르바이트 한 돈을 모아 과자나 도넛 등의 간식을 사 들고 인기 있는 프로그램의 제작 사무실에 들어가 작가님들에게 드리며, 얼굴도장을 찍을 때도 있었다.

'뭐든지 시간이 걸리는 법이지. 하루아침에 되는 건 없어.' 매일 작아져만 가는 자존심을 다독이며 물러설 곳은 없다는 마음으로 같은 일을 반복했다. 딱히 뭐가 되겠다는 생각은 없었지만 그래도 주어진 기회 안에서 최선을 다했다. 정규 프로그램이나 코너를 주진 않았지만, 마침내 매주 1회 내 정규코너가 생기자 노력이 틀리지 않았다는 생각에 기분이 날아갈 것 같았다. 첫 촬영은 서해 앞바다 새우잡이었다. 아침 방송의 한 꼭지였는데, 새벽 배를 타고 나가 새우를 잡는 모습을 촬영하고 돌아와 스튜디오에 출연해서 그 내용을 소개하는 생방송 프로그램이었다. 지방에 촬영을 갈 때면 방송국에서 출발하는 승합차를 타고 제작진과 다 함께 이동했다.

"노래 잘해요? 노래 좀 해 봐, 운전하시는 기장님 졸면 우리 다 죽는 거야. 원래 출연자들이 분위기 좀 띄우고 그러는 거지. 방송은 아무나 하나?"

노래를 딱히 잘하지는 않지만 그렇다고 못 하는 것도 아니라고 생각했기에 시키는 대로 지방에 가는 내내 두세 곡 부르는 건 통과의례. 그 외에도 먼 지방 촬영 길이 지루할세라 촬영 전날에는 각종 유머책이나 웃기는 이야기들을 긁어모아 쉬지 않고 쏟아내며 분위기를 띄우는 것도 신입 리포터의 중차대한 임무 중 하나였다.

현장에 도착해선 또 고무장화를 신고, 고무장갑을 끼고 어부들과 힘을 모아 새우를 잡고, 살아 움직이는 새우를 바로 까서 잡히는 대로 입속에 넣으며 "맛있어요! 이런 맛은 처음이에요!" 연신 호들갑을 연발했다. 촬영을 마치고 돌아오는 선착장에서 어촌계장님이 선물이라며, 해삼을 하나 척 손에 올려 주었다. 오동통하니 손바닥만 한 크기의 검은 해삼이었는데 그때만 해도 썰어 놓은 해삼만 보았지 통 해삼이 산 채로 내 손에 놓인 건 처음이었다.

"아, 가, 감사합니다."

나는 당황해서 어찌할 바를 몰랐다. 이를 놓칠세라 카메라 감독이 카메라를 들이대며 먹으라고 한다.

"아, 아니…… 제가 썰어놓은 것만 먹어봐서, 이걸 어떻게 먹어요?"

"하…… 답답하네. 이 귀한 걸 먹을 줄도 몰라? 선물하신 분 무안하게 썰어서 달라고 할 거야? 무슨 현장 리포터가 이래? 카메라 돌면 다 하는 거지. 아, 빨리 먹으라니까?"

한동안 실랑이를 벌였지만, 도무지 살아 있는 통 해삼을 입에 가져다 댈 엄두는 나지 않았다. 카메라 감독은 버럭, 성질을 내고 카메라를 끄더니 돌아서며 PD에게 소리를 지른다.

"저거 글렀네! 다음에 쟤 나올 때 나 부르지 마!"

서울로 돌아오는 승합차 안은 최고참인 카메라 감독의 심기를 거스를까 봐 다들 죽은 듯 조용했다. 나는 내가 뭘 잘못한 건가 싶어 잔뜩 주눅이 들어 도중에 들른 휴게소에서 캔 음료를 사서 스태프들에게 돌렸다. 마지못해 캔 음료를 받아 든 카메라 감독이 혀를 찬다.

"넌 그렇게 하면 글렀어. 내가 시키는 대로만 하면 그림 나오는데, 쯧쯧. 아까 좋은 그림 네가 다 날려버린 거야."

촬영이 생기면 기분이 좋았다가 또 금세 어떤 일로 마음을 다쳤다가 기분이 롤러코스터를 탄 것 같았다. 그래도 내가 출연하는 방송이 있을 때마다 새벽길을 달려 나를 어두운 방송국 앞에 내려주고 파이팅을 외쳐주는 엄마 때문에 기운이 났다. 그리고 내가 나오는 방송을 빠짐없이 녹화해주는 가족들이 있어 성장해 나가고 있는 거라고 스스로를 다독였다.

"이수련 씨는 좋은 대학씩이나 다닌다는 사람이 생각이 없는 거야, 개념이 없는 거야? 이런 참사가 일어난 날 빨간색 옷을 입고 다니는 사람이 어디 있어? 상식이 없는 건가?"

아침 일찍 방송국에 출근한 내가 그날 입은 옷은 빨간색이었다. 점심 때쯤 발생한 큰 참사로 인해 방송은 온통 관련 뉴스 속보로 도배됐고, 오후에 마주친 내게 내가 진행하는 코너를 담당하는 왕 작가님이 비아냥거린다. 또 내가 뭘 몰라서 잘못했나 싶어 움츠러든다. 재빨리 인근 상가에 가서 검은색의 옷을 사 입었다. 방송국에서 있는 하루하루가 내가 뭔가를 잘못하고 혼나며 성장해 나가는 일상인가 싶었다. 그래, 누구나 이렇게 성장하는 거겠지, 라며 나를 다독였다.

매주 1회 출연할 뿐이지만 그 정규 코너를 위해 전국 팔도를 돌아다니며 갖은 체험을 하고 다닌 지 1년쯤 지났나. 함께 입사했던 언니, 오빠들이 더는 이 생활 못 견디겠다고 방송사 정규직을 지원하겠다며, 떠나갈 때쯤 내게도 계기가 찾아왔다. 다음 주 방송을 위해서라면 지방 촬영을 나가도 벌써 나갔어야 할 때인데 연락이 없기에 쫄래쫄래 왕 작가님 자리로 찾아가 물었다.

"작가님, 저희 이번 촬영은 서울이에요? 이번 주 촬영 연락을 못 받아서요."

"아, 수련 씨. 내가 말 안 했니? 이제 그 코너 다른 사람이 하기로 했어."

1년 가까이 함께 일한 작가님은 미안하다는 말도, 아쉬운 표정도 없었고 심지어 눈조차 마주치지 않고 내게 짤렸음을 통보했다. 모니터에 시선을 고정한 채 그렇게 내 코너가 내 코너가 아닌 것이 됐다고 했다. 화이트보드에는 내가 하던 코너의 진행자로 얼마 전 선발된 신인 VJ(Video jockey : 음악 프로그램을 진행하는 당시 인기였던 신종 직업군)의 사진이 붙어 있었다.

'아, 나는 언제든지 대체할 수 있는 사람에 불과했구나.'

사랑하는 가족이나 친구들에게조차 티도 못 내고 화장실에서 수도꼭지 틀어놓고 눈이 떠지지 않을 때까지 펑펑 울었다. 나름 시끌벅적 치열한 공개 전형을 거쳐 선발되었고, '방송에 출연한다!'는 두근거림과 많은 곳을 다니며 경험할 수 있다는 기쁨도 짧게 누렸다. 하지만 제대로 된 첫 사회생활이라 할 수 있는 방송국에서의 경험은 그저, 비정규직의 서러움을 뼈저리게 느끼게 한 시절에 불과했다.

많은 단계의 경쟁을 뚫고 선발되었지만 방송 리포터는 정규직원이나 계약직도 아닌, 프리랜서였기에 고정 프로그램이나 급여가 주어지지도 않았을뿐더러, 그마저도 그때그때 이슈에 의해 배우, 개그맨 등 수시로 다른 화제의 인물로 대체될 수 있는 소모재에 불과했다. 일이 힘든 것도 사람이 힘든 것도 사실 견디지 못할 문제는 아니었다. 어디에 있든 그건 성장하기까지 누구나 겪어야 하는 과정이라 생각했고, 잘 버텨내는 만큼 내가 얻고 성장할 수 있는 거라고 생각했기 때문이다. 그러나 마침내 나는 깨달았다. '나는 여기서 소모될 뿐 성장할 수는 없겠구나. 나는 이 안에서 아무것도 아니었구나.' 자괴감이 몰려 왔다.

아무것도 모르고 경험한 첫 사회생활, 나의 자존감(멘탈)은 곤두박질쳤고, 그렇게 순진한 20대의 첫 직장생활은 막을 내렸다.

06

간절한
결핍의 끝

한없이 낮아진 자존감과 나약해진 멘탈을 부여잡고 방송사를 나온 순간, 나는 어느새 대학교 졸업을 코앞에 두고 있었다. 살면서 '시간 진짜 빠르다!'를 절실히 공감하게 된 최초의 순간이 바로 이때가 아니었을까? 학비를 번다는 핑계로 아르바이트를 전전하느라 정작 학교에 붙어있는 시간은 얼마 되지도 않았던 것 같다. 새벽부터 저녁 마지막 교시까지 강의를 주 4일 이내로 몰아넣고 학교에 가는 날은 친구들과 밥 먹을 시간도 없이 주야장천 강의동을 전전하며 수업만 들었다. 수업이 없는 날은 학교와 떨어진 곳에서 종일 아르바이트만 하는 날들이었다. 학교에 다니기 위해 열심히 시간을 보냈지만, 정작 그 많은 학비를 내고도 마음껏 누려보지 못한 것들이 많아 아쉬웠다.

도서관의 방대한 책들을 섭렵한다거나, 타 전공 유명한 교수님의 강의를 학점에 상관없이 찾아가 청강해 본다거나, 전공과 무관하지만 막연한 꿈에 설레어 유명한 연사들의 특강이나 자랑스러운 졸업생 선배님들의 강연을 신청해 들어 보거나 하는 것들 말이다. 농어촌으로의 봉사활동이나 방학 때의 어학연수, 교환학교, 인턴십 체험⋯⋯. 입시를 치르며 꿈꿨던 대학생활의 로망은 그저 로망으로만 끝나버렸다. 말 그대로 학점과 과제와 알바의 노예가 되어 매 순간을 동동거리며 보냈던 것 같다. 순간에 최선을 다해서 산 것은 맞지만, 조금 더 거시적으로 대학생활을 누리지 못했던 것도 내 능력의 한계치였다.

그때로 다시 돌아간다면, 아마 그래도 달라질 건 없을 것이다. 주어진 여건과 상황에서 나는 언제나 내가 할 수 있는 최선의 노력을 다했으니까. 진심으로 어떤 한순간도 되돌리고 싶지 않을 만큼 진저리 나게 열심히도 살았다. 그래도 대학교에서 강의를 할 때마다 학생들에게는 이런 아쉬움과 미련을 담아 권유한다.

"지금 이 순간밖에 누리지 못하는 아까운 것들을 좀 더

넓게 찾아보고, 두루 경험하고 마음껏 누리세요!"

내가 누리지 못한 여유로운 대학생활을 학생들에게 권장하는 것으로 대리만족하고 싶은 마음에서지만, 지금 이 순간 캠퍼스 안에 있는 대학생들 역시 그 시절의 나만큼 눈앞에 주어진 현실에 마음이 급하다면, 그 또한 깊이 공감 되니 어깨를 다독여 줄 수밖에.

딱히 아름답지 않은 기억에도, 그나마 첫 사회생활을 방송국에서 시작했다는 익숙함을 무기로 나는 졸업을 목전에 두고 이번에는 정규직으로 방송국 입성을 결심했다. 그래, 방송기자나 PD가 되자. 아나운서가 될 생각은 애시 당초 없었다. 출연자로서의 짧았던 경력이지만 가까운 곳에서 지켜본바, 아나운서는 기자나 PD보다 훨씬 경제적이고 물질적인 풍요로움이 뒷받침 되어야 하는 직종이라는 판단에 과감히 제외했다. 리포터 생활을 하면서 나는 직접 서툰 화장을 하고 몇 벌 안 되는 내 옷을 돌려가며 입었지만 대부분의 출연자들은 전문 헤어, 메이크업 샵을 이용하고 의상도 협찬을 받거나 스타일리스트를 고용했다. 매번 잘 갖춰지고 다듬어진 모습으로 시청자들 앞에 서야 하는데 나는 그것을 감당할 여유가 없었다. 내게 가용한 능력으로 단시간 내에 방송사에 정규직으로 취업하는 게 눈앞의 목표였다. 일단 준비해 보며 기자가 될지 PD가 될지 결정하자는 각오였다. 세상의 문턱을 호락호락하게 보고 일단 과감히 도전하고 보는 건 타고난 내 기질이었으니까.

그나마 익숙했던 곳이고 해 본 일이라 생각했지만, 방송사 입사 시험이 소위 '언론고시'라 일컬어질 만큼 만만치 않은 것임이 그제야 현실로 다가왔다. 요즘도 그런지 모르지만, 당시 언론사 입사 시험에 필수 교재였던 시사, 상식, 종합교양 교재들은 영문학과 최고봉인 셰익스피어 원서보다 두꺼웠고, 분명 한글로 적혀있음에도 영어 고어로 쓰인 원서보다 읽히는 속도가 느렸다. 그만큼 대학 졸업반으로서 방송국 입사 시험을 치르기에 내 준비상태는 엉망이었다. 거기에 영문학 전공자로서 유일하게 내세울 만한 공인 어학점수는 합격선이 되려면 기본적으로 만점에 가까워야 했고, 고등학교 졸업 이후 손을 놓아버린 한국사에 논술시험까지 대비해야 했다.

막막했다. 울고 싶었다. 대체 졸업과 동시에 취업이란 걸 하려면 언제부터 준비해야 했던 것일까? 나만 몰랐나? 나만 뒤처졌나? 나만 늘 이렇게 한심하고 부족한 건가? 대체 어디서부터 어떻게 잘못된 거지? 내가 뭘 잘못 살고 있나? 가뜩이나 리포터 생활을 통해 바닥을 치던 자존감은 이미 땅을 뚫고 한없이 파고 들어가고 있었다.

우연히 언론사 입사를 준비하는 사람들 사이에 필기시험을 대비해 다니는 학원들이 있다는 걸 알게 됐다. 반가운 동시에 당황스럽기도 했다. 대한민국은 취직을 위해서도 학원에 다녀야 하는 나라인가. 인생에 학원이란 곳을 거치지 않고는 해결이 되는 게 없겠다고 생각했다.

통칭 언론 아카데미라는 이름의 수많은 학원 중 한 곳이 눈에 들어왔다. 당시 우리 집에서 지하철을 갈아타며 서쪽 끝에서 동쪽 끝까지 2시간 거리에 위치한 곳이었는데, 재수 학원을 방불케 하는 빼곡한 커리큘럼에 높은 합격률로 이름난 곳이었다. 전화로 슬쩍 먼저 문의한 결과, 역시 수강료는 어마어마했다. 그리고 난 당연히 그것을 감당할 경제적 여유가 없었다. 학원에 다니게 된다면 설상가상 아침부터 밤까지 빼곡한 커리큘럼에 따라가기만 해도 일주일이 모자랄 텐데, 등록금을 벌기 위한 학부생 때처럼 아르바이트를 할 수도 없는 노릇이었다.

눈앞에 공부할 것은 태산인데 당장 졸업은 코앞이고, 시간적·경제적 여유는 내 인생의 사치인데 빨리 질러갈 방법은 필요하고, 돈은 없는데 아르바이트를 병행할 수도 없다. 아무리 찾아봐도 방법이 보이지 않는 간절함과 절실함은 나에게 갑옷이 되었다. 무작정 원장님 상담 요청을 잡고 학원에 찾아갔다.

"안녕하세요? 저는 대학교 졸업반 학생입니다. 학교를 다니면서 방송사에서 리포터를 하며 제대로 된 언론인이 되고 싶다는 꿈을 꾸게 됐지만, 무엇부터 어떻게 해야 하는지 도무지 막막하기만 해서 이곳을 찾아왔습니다. 솔직히 학교 등록금도 아르바이트와 장학금으로 유지했던 저로서는 이 학원의 수강료를 부담할 경제적 여력이 안 됩니다. 다만, 열심히 공부하고 싶은 제 의지와 성실함을 믿어주신다면, 아침 첫 수업 시작 전부터 밤 마지막 수업이 끝난 후까지 학원의 모든 심부름과 청소를 책임지겠습니다. 수업만 듣게 해주신다면, 꼭 합격해서 선생님께서 배출하시는 또 한 명의 언론인이 되겠습니다."

연세가 지긋하신 원장님은 딱히 뭘 묻거나 하지도 않고 그냥 고개를 끄덕이셨고, 그날부터 나의 본격적인 언론사 입사 준비가 시작됐다.

어머니께서는 내가 새벽에 태어난 새벽 닭띠라 운명이

라고 말씀하시는데, 정말 아침 자율학습으로 하루를 시작하던 학창 시절부터 새벽 0교시를 듣던 캠퍼스 생활, 훗날 경호관이 되어서도 지금까지 새벽 운동으로 하루를 열며 꾸준히 이어지는 이 새벽을 여는 나의 일상 루틴은 언론사 입시 준비 때도 다를 리 없었다. 학원은 당시 우리 집과 지하철로 끝에서 끝, 장장 두 시간 거리에 있어서 첫 수업이 시작되기 전 먼저 학원에 나가 청소를 하고 수업 준비를 도우려면 매일 새벽 여섯 시에는 집에서 출발해야 했다.

시린 새벽 공기에 남은 잠을 깨우며 복작이는 지하철(1, 2호선은 어쩜 꼭두새벽부터 그리도 붐비는지)에 시달려 가며 학원에 도착하면 제일 먼저 학원 문과 창문을 몽땅 열어 환기를 시켰다. 그리고 원장실과 강의실, 화장실과 복도를 비롯한 곳곳에 바닥을 쓸고 닦고 책걸상을 정리하고, 물걸레로 모든 책상과 칠판을 닦아내는 푸닥거리를 치른다. 쓰레기통을 비우고 분필, 지우개 등 비품을 챙겨놓고 수업에 필요한 인쇄물을 인원수에 맞춰 복사하면 원장님이 오시고, 학원의 하루가 시작됐다.

첫 수업 전까지 오는 길에 사 온 그날의 신문을 2개 이상 읽으며 주요 기사와 사설 등을 정리하고, 감을 잃지 않도록 토익 기출문제까지 쭉 훑고 나면 첫 수업이 시작되었다. 낮

설기만 한 생소한 지식을 억지로 욱여넣는 동안 수업이 끝나면 다시 칠판을 닦고 다음 수업에 필요한 인쇄물을 준비하고, 때때로 화장실과 복도의 쓰레기를 치웠다. 운이 좋게 수업은 공짜로 듣는다지만 아르바이트도 하지 않아 교통비만으로도 생활이 빠듯했기에 점심과 저녁은 편의점에서 삼각김밥과 작은 녹차 음료 페트병 하나로 때웠다. 점심에는 참치 마요네즈, 저녁에는 김치 불고기, 질리면 야채참치 캔 하나를 추가로 사서 삼각김밥과 같이 먹었다. 활동량도 많아 종일 움직이던 내가 하루종일 앉아 공부만 할 뿐인데, 허기는 왜 그렇게 빨리도 돌아오던지. 저녁 마지막 수업이 끝나는 시각은 밤 10시 반. 뒷정리를 마치고 학원 문을 닫고 나면 11시. 집에 도착하면 대충 눈만 붙이고 다시 아침에 집을 나서는 나날이었다.

분명히 내가 할 수 있을 만큼 최선을 다해 살고 있었지만, 머릿속엔 쉬지 않고 불안감이 꼬리를 물었다.

'이 두꺼운 책에 담긴 내용을 과연 다 외울 수 있다고? 너무 늦게 시작한 건 아닐까? 남들은 얼마나 진도가 나갔을까? 난 이제까지 뭐하고 살았지? 영문과 전공자면서 토익 만점은 왜 못하니? 국사는 분명히 고등학교 때 배운 건데 왜 하나도 기억이 안 나? 논술 그냥 대충 쓰면 안 되나, 꼭 따로 공부해야 하나? 면접은 또 언제부터 어떻게 준비하지? 그냥 대충 아무 회사나 시험 볼까? 교통비 이번 달에 얼마 썼더라?'

매 순간 스스로의 모자람과 늦됨이 한심스러웠고, 막연히 그냥 안 될 것 같다는 불안감이 가슴 밑바닥에 무겁게 자리하며 무게를 늘려가던 나날이었다. 그래도 그냥 버텼다. 달리할 수 있는 것도 없었고, 하고 싶은 것도 없었다. 무엇보다 원장님께 비장하고 뻔뻔한 각오를 다지고 공짜로 수업을 듣는 입장에서 창피하게 도망칠 수도 없었다. 그렇게 매일 새벽부터 밤까지 학원에 붙박이처럼 앉아 시간을 보냈다. 고등학교를 졸업한 후 처음으로, 주말도 없이 아침부터 밤늦게까지 날마다 그렇게 모르는 지식을 머리에 욱여넣으며 자리에 붙어 앉았다. 몇 달을 보고 또 봐도 모르겠는 교재들, 그리고 나 자신과 싸웠다.

살면서 내가 했던 많은 일들의 성패를 좌우한 것은 첫째는 간절함, 둘째는 시간이었다. 그냥 흘려버린 시간이 아니라 공들여 보낸 시간. 누군가는 노력이나 성실함, 인내, 끈기라고 표현할지 모르겠지만 내 경우엔 그냥 '시간'에 불과하다고 말하고 싶다. 될지 안 될지 모르고 확신할 수도 없지만 일단 무언가를 간절히 바라며 공들인 시간. 내가 제대로 된 일에 공들이고 있는지, 맞게 가고 있는지, 스스로 불안해하면서도 그 무언가에 집중해 나인지 아니면 무엇인지 모를 그 어떤 것과 씨름하며 보냈던 그 시간. 그 순간에는 도무지 보이지 않지만 그렇게 쌓이고 쌓여서, 어떻게든 작용해서 반드시, 나를 조금 더 나은 내일로 데려다주었다.

그날 아침도 학원 청소를 마치고 오는 길에 지하철역에서 사 들고 온 신문을 펼쳤다. 신문 하단 광고란에 눈길이 가는 공고문이 있었다. 정확한 문구가 기억나진 않지만, 대략 이런 내용이었다.

"대통령 경호실, 금녀의 벽을 깨고 최초 여성 대통령 경호관 공개채용."

말 그대로, 창설 이래로 여성을 공식 채용한 적이 없던 대통령 경호실(現 대통령 경호처)에서 처음으로 여성을 공개채용 한다는 공고였다. 무심코 눈길이 간 그 공고에 말 그대로 꽂혀 버렸다. 여중, 여고, 여대를 나온 데다, 말 그대로 한 번도 여자를 뽑은 적이 없는 기관인만큼 경호실이나 경호관이라는 개념 자체를 염두에 두거나 생각해 본 적조차 없었지만 도전에의 의지가 솟구쳐 올랐다. '최초'라는 단어

국빈 행사 중 외교부 책자를 보고 있다.

가 주는 설렘이었을까?

채용 전형을 보고 그 의지는 더욱 확고해졌다. 필기시험과 체력검정, 면접 등으로 치러지는 전형 과정의 과목은 지난 몇 달간 내가 붙잡고 있던 언론사 시험과목과 상당 부분 일치한 데다 전 과정에 걸쳐 영어의 비중이 높았다. 체력이야 비록 지난 몇 달간 책상 앞에만 붙어 앉아 있었다지만 오랜 시간 태권도를 해 온 데서 받쳐주는 기본적인 자신감이 늘 있던 터였다. 그렇게 나는 존재조차 몰랐던 대통령 경호실에 입사를 지원했고, 그렇게 대한민국 최초의 여성 대통령 경호관이 되었다.

이렇게 말하면 혹자는 허무하다거나 시시하다는 소감을 이야기하기도 하고, 때로는 어이없다거나 불만스러움을 표하기도 한다. 아마도 엄청난 사명감이나 소명의식을 가지고 대한민국 최초의 여성 경호 요원이 탄생하게 된 스토리를 기대했거나, 오랜 기간 그 직업을 열망하며 준비했을 다른 지원자들과 비교한 데서 나오는 불만일 것이다. 나 역시 누군가 다른 이가 간절하게 노력하지도 않고, 수월하게 얻은 것들에 대해 곱게 보아줄 만큼 마음이 여유롭지 못하다. 성격이 모나서도, 마음의 크기가 작아서도 아니다. 그만큼 나도 무언가를 간절히 소망하고 이루기를 바라며 노력한 기억이 있기 때문이다. 무언가 원하는 것을 얻고자 하면 최소한 그 정도 노력의 시간은 치르는 것이 당연하다고 생각한다.

내가 하고픈 이야기는 그것이다. 글솜씨가 없는 탓에, 이렇게 네 개의 장에 걸쳐 길게 돌아왔지만, 결국 내가 하고자 했던 이야기는 그 노력의 시간에 관한 것이다. 비록 명확한 목표와 구체적인 계획은 없었지만, 어린 시절부터 엄청난 국가관이나 사명감을 가지고 대통령 경호관이 되고자 준비했던 것은 아니지만, 나는 매 순간 이 멋진 미래로 나를 데려다 줄 하나하나의 자질을 나도 모르게 준비해 오고 있었다.

내가 무엇이 되고 싶은지, 뭐가 될지도 몰랐지만 나는 어린 시절 '심장 수술을 한 아이'라는 병약한 이미지에서 벗어나고자 누구보다 태권도를 열심히 했고, 대학에서는 최소한 같이 수업을 듣는 친구들과 의사소통을 하기 위해 영어를 공부했으며, 졸업 즈음해서는 새벽부터 밤까지 학원 청소를 하며 무료로 수업을 듣고 공부했다. 그 모든 것이 '대통령 경호관'이 되기 위한 것은 아니었지만, 결국 나를 그 길로 데려다주었다. 불확실한 미래에 눈길을 던지기보다 눈앞, 주어진 순간에 최선을 다했던 시간이 쿠션 좋고 날개가 달린 신발이 되어 나를 좋은 미래로 데려다준 것이다.

나는 이미 대통령 경호관이 아닌 배우로서 또 다른 길을 걷고 있는 만큼, 이 글은 대통령 경호관이 되기 위한 과정을 설명하기 위한 글도, 또 인생의 어떤 목표를 이뤄내기 위해 이렇게 하면 된다는 식의 명확한 비전을 제시하기 위한 글도 아니다. 그저 이렇게 흐르는 대로 살아도 결국 나는 어딘가로 향하고 있고 또 그 닿은 곳이 딱히 나쁘지 않더라는 하나의 경험을 이야기하고 싶었을 뿐이다.

내일이 아무리 막막해 보여도 결국 우리는 내일을 향해 달려가고 있다. 그리고 확실한 건, 우리가 살고 있는 현재 지금 이 순간이 '어떤' 내일로 우리를 데려다줄 능력치를 갖춘 신발이 되어 준다는 사실이다. 명확한 장래 희망이 없어도 괜찮다. 뭘 해야 할지 모르겠으면 지금 하는 일에 최선을 다하는 것만으로도 충분하다. 우리는 매 순간 내일의 나를 만들어 가고 있는 것이다.

Chapter 02

미스 에이전트, 대한민국
1호 여성 대통령 경호관

"3대 몇 쳐요?"

운동하는 사람 사이에서 흔히 묻는 질문이다.

웨이트 트레이닝의 기본이 되는 세 가지 운동을 할 때

얼마나 많은 무게를 안정적으로 드는지를 통해

성취의 척도로 여기는 데서 나온 질문에 나는 이렇게 대답한다.

"이대, 군대, 청와대요."

01

군대 나온
여자

"19번 훈련생! 뜁니다! 뜁니다! 지금 뭐합니까? 업어줍니까?"

"네~. 너무 힘들어요. 업어주세요."

"전체 열차려! 엎드려뻗쳐! 좌로 굴러! 우로 굴러! 전방에 골대까지 선착순 뛰어!"

전무후무한 답변으로 조교를 혼란에 빠뜨리고 전 동기생을 열차려의 지옥으로 몰아넣던 19번 훈련생이 바로 나다.

사실 내가 경호실에 입사 지원한다고 했을 때, 부모님부터 나를 아는 모든 이들은 하나같이 어이없다는 반응이었다.

"네가? 공무원을 한다고? 방송사는 모르겠지만, 말이

되니?"

"경호실은 군대와 유사해서 특히 상명하복이 철저해서 스스로 납득하지 못하면 받아들이지 못하는 네 성향에 맞지는 않을 텐데, 일반 기업에 입사하는 게 어떻겠니?"

"푸핫! 이수련이 공무원이랑 어울리겠어? 당장 어디로 튈지 모르는 애가 무슨 청와대야! 네가 그런 데서 도망 안 나오고 배겨?"

그도 그럴 것이 나는 성실하되 고분고분하지 않았고, 우등생이었지만 모범생은 아니었다. 크게 엇나가지는 않았지만 다양한 경험을 중시해서 이런저런 잡다한 활동에도 한 번쯤은 꼭 발을 담가 호기심을 해소해야 직성이 풀리는 성격이었기 때문일 것이다. 학창 시절에도 태권도장에 줄기차게 다니고 운동 실력이 좋았던 탓에 소위 여학교에서 인기 많은, 키 크고 운동 잘하는 보이시한 언니로 밸런타인데이에 선물 공세를 받는 알아주는 언니였다. 그래서인지 진학할 때마다 이른바 '노는 선배'들이 꼭 한 번씩 무리로의 영입을 타진하느라 의도치 않게 유명세를 치렀다. 다행히 두 살 터울의 언니가 언제나 같은 학교 선배로 있었다.

"누가 내 동생 건드려? 내 동생 공부해야 해!"

엄포를 놓고 방어해 주었다. 당시만 해도 덩치가 좋았던

신임 직원 군사훈련 중 동기들을 얼차려의 늪으로 몰아넣던 악명 높은 19번 훈련생

언니는 성격도 좋고, 친구도 많았다. 한번은 가정 수업 시간에 만든 요리를 동생 주겠다고 우리 반에 찾아왔을 때, 반 친구들은 무서운 선배가 친구를 데리고 몰려와 나를 혼내주는 줄 착각해서 교무실로 선생님을 부르러 뛰어가는 해프닝도 있었다. 이렇게 든든한 언니 덕에 나는 감사하게도 무탈한 중고교 시절을 보낼 수 있었다.

대학교 때도 바쁜 아르바이트 와중에도 미팅, 옆 학교 축제 등 이름난 각종 행사에는 적어도 한 번은 두루 체험하며 어울렸다. 방송사 리포터도 하고 학교 홍보 책자에도 실리는 등 존재감이 남달랐던 탓인지 눈에 띄어 누가 봐도 겉으로 보기에 졸업과 동시에 청와대 공무원이 된 나의 선택은 상상 초월이었던 듯하다. 그렇게 공무원과는 거리가 멀 것 같던 나는 모두의 불안과 걱정 섞인 축하를 뒤로하고 오롯이 혼자만 앞으로 닥쳐올 일에 대한 아무런 걱정 없이 청와대 대통령 경호실에 입사했다.

경호실은 임무상 수많은 유관기관과 협조하거나 지휘 통제해야 할 경우가 많아서 이와 관련된 많은 정부기관의 업무를 세밀히 파악하고 있어야 한다.(「대통령 등의 경호에 관한 법률」 및 시행령 참조) 그래서 경호실 입사 후 여러 정부

부처와 유관기관을 돌며 다양한 훈련을 거치게 된다. 이 과정에는 공수 교육, 해병대 훈련, UDU 등 육·해·공군을 아우르는 군사훈련뿐 아니라 경찰, 국정원 등 다양한 정부기관의 교육훈련도 이수하게 된다. 여중·여고·여대라는 이른바 '수녀 라인'의 생활을 거쳐 온 내게 가장 낯설었던 건 아무래도 이 군사 훈련 과정이었다. 주변에 군대에 다녀온 남자형제나 선배가 전무하든, 방송 경험이 있든, 체육전공자가 아니든, 군필자가 아니든, 어떤 것도 배려의 이유가 될 리 없는, 경호실 신임 직원으로서의 나는 그저 '19번 훈련생'에 불과했다.

남자 동기들은 군필(軍必)에 경호실 입사를 몇 년간 준비해 왔거나 다른 직장을 거쳐 온 이들이 대부분이었다. 그나마 가장 나이 차가 적은 남자 동기가 나보다 3살 연상일 정도로 나이도 많았다. 체력도, 경험이 많은 만큼 융통성도 좋았다. 더군다나 이미 군대 경험이 있다는 건 경호실에서 겪을 대부분의 훈련과 조직생활의 예습이 되어 있다는 것과 다름없었다.

그 한가운데 섞여 아무 생각 없던 나는 의도치 않게 '개념 없는 어린 여자애'였고, '고문관'이나 되지 않으면 다행인 나날의 연속이었다.

"19번 훈련생! 발 끌지 않습니다!"

"전투화 때문에 물집 잡혀서 피 납니다!"

나는 조교가 원하는 대답을 몰랐고, 언제나 내가 하고 싶은 말로 대답했다. 처음으로 여직원을 뽑은 경호실에서 나를 보는 시선에는 사회에서 우스갯말로 표현하는 '이대 나온 여자'에 대한 선입견이 있었을 것임이 분명했고, 나는 안타깝게도 열정 가득한 내 간절한 마음과는 달리 무개념으로 중무장한 데다 조직문화가 생소한 '개념 밥 말아 먹은 신참'이었다. "지금 알고 있는 걸 그때도 알았더라면" 좋았겠지만, 그때의 나는 그렇게 부딪히고 깨지며 터득하는 수밖에 없었다.

남자 동기들과 비교 열위의 체력 능력도 분명했다. 아무리 선착순을 뛰어도 남자 동기들을 제치고 먼저 들어올 수 없었고, 아무리 아등바등 애써봤자 나보다 큰 그들과 IBS의 무게를 동등하게 부담할 수 없었다. 의지와 상관없이 나는 남자 동기들에게 경험이나 연륜이나 체력 면에서 조금은 모자라서, 배려가 필요한 나이 어린 동기였을 것이다.

경험이 없었지, 눈치가 없는 건 아니었기에 나 역시 그 모든 불편한 시선과 나의 모자람 앞에 떳떳할 수 없었다. 따가운 시선을 온몸으로 고스란히 느꼈다. 전혀 힘들지 않고 즐겁고 행복하기만 한 기억이라고 한다면 거짓말일 것이다.

정식으로 임명받기 전, 동기라는 이유로 함께 훈련을 받는 내내 나 때문에 힘들었을 동기들만큼 내 마음 역시 불편했다. 스트레스로 인해 위경련이 생겨 아침 일찍 병원에 실려 가느라 훈련을 빠지는 날도 있었고, 그렇다고 마음 편히 쉴 수도 없이 나 혼자 낙오되었다는 자괴감에 마음이 천근만근 무거운 날도 있었다. 내가 할 수 있는 유일한 일은 묵묵히 최선을 다하는 것뿐이었다.

내가 부족함을 알았기에, 나는 그 어떤 훈련에서도 도망치지 않았다. 하필 장마 기간과 겹쳤던 공수 교육 기간에는 빨아도 이미 배어버린 흙빛이 훈련복에서 지워지지 않을 정도로 진흙탕을 굴러가며 몸을 던졌다. 인간이 가장 공포를 느낀다는 11미터 높이 막타워 훈련 때는 마침내 평지를 내딛는 것만큼이나 기복 없는 마음으로 뛰어내리게 될 정도로 남들보다 두세 배는 더 많이 뛰어내렸다. 피할 수 없는 여성 기간(생리주기)에도 차가운 바닷물에서 몇 시간 동안 빠졌다 기어올랐다를 반복하며 IBS 훈련을 받았고, 자는 건지 깨어 있는 건지 아무 생각 없이 몇 킬로미터를 왕복하며 수영훈련을 받기도 했다. 얼굴과 손에 잔뜩 묻은 펄을 바지에 대충

해병대 공수훈련 중 새카맣게 탔지만, 훈련 이수 후 표정이 상쾌하다.

닦아가며 주먹밥을 입에 욱여넣을 때는 펄 섞인 주먹밥이
달게 느껴지는 날도 있었고, 악명높은 지옥 주 훈련 주간을
거칠 때는 아무리 참으려 해도 멈춰지지 않는 오한이 치아
로 캐스터네츠를 치며 머리끝까지 온몸에 전해졌다.

　그렇게 피하지 않고 버텨낸 나의 공들인 시간은 마침내
나를 한 명의 경호관으로 만들어주었다. 그렇게 시간은 또
나에게 보상했다. 잘하지는 못 해도 끝내는 뒤처지지 않고

옆에서 악착같이 버텨내는 나를, 동기들은 오빠처럼, 선배처럼 이끌어 주고 옆에서 같이 뛰며 한 명의 동등한 경호관으로 인정했다.

"이거, 선크림인데 피부 탈까 봐 선물하는 거야. 아끼지 말고 듬뿍 발라."

하지만 고마운 마음에 듬뿍 바른 선크림은 사실 껍데기만 바꾼 고성능 태닝크림이었다. 나를 콩자반처럼 새카맣게 타게 만든 짓궂은 장난으로 전하는 동기들과의 추억이 있어, 길고 힘들게 기억될 수 있었던 훈련기간은 내 생애 다시없을 소중한 추억이 되었다. (덕분에 훈련을 마치고 처음 부서에 배치됐을 때 선배들은 내가 두메산골 어디서 감자를 캐어 먹으며 자란 시골아이인 줄 알았다고 한다.) 또 그 기간을 함께한 동기들 역시 지금도 내게는 '친정 오빠들'이라고 여겨질 정도로 끈끈하고 소중한 가족이 되어 있다.

나중 이야기지만 경호실을 그만두고 처음 배우로 나섰을 때, 한동안 아침마다 경호실 출근 시간에 맞춰 화상 전화를 걸어줬다.

"이거 봐라, 이거! 지금 자는 건 아니지? 얼른 일어나라. 연무관(경호실 운동시설)에 있을 시간이다. 나태해지지 마라!"

채찍질해 준 것도 동기들이고, 처음 내가 출연하는 방송이 전파를 탈 때 틈틈이 챙겨보며 모니터한 소감을 전해준 것도 동기들이다.

다시 없을 동기들과의 훈련기간을 거치며 나는 분명 성장했다. 방송 리포터 시절 한없이 소모되고 깎여만 나가던 정신과 자존감과 달리 나는 똑같이 부딪히고 깨어졌지만 둥글고 더 단단한 모습으로 다듬어지고 성장했다. 이곳은 분명히 내가 있을 곳이고, 이 사람들은 내가 함께할 내 사람들이었다. 흔히들 경호관이라 하면 이렇게 묻는다.

"남자랑 싸우면 몇 명이나 이겨요?"

나는 그 어떤 남자에게도 뒤지지 않는 강철 체력이나 어디서도 지지 않을 싸움의 기술 못지않게 누구에게도, 어떤 상황에서도 지지 않을 강인한 정신력과 자신감, 그리고 내 사람들을 얻었다.

"안 되면 되게 하라! 안 된다고 하지 말고, 아니라고 하지 말고! 악으로! 깡으로!"

요새 유행하는 모 프로그램을 보면, 소위 '세다' 하는 온갖 부대 출신들이 나와 경합을 벌일 때 흔히들 출신 부대의 슬로건을 외치며 단합하는 모습을 볼 수 있다. 아마도 위에 내가 써놓은 말은 각 부대의 슬로건들이 한데 뒤섞인 것일

거다. 난 그런 훈련을 모두 거쳤다. "그래, 난 군대 나온 여자다." 정확히 말해 군복무를 했던 건 아니지만, 각 기관을 돌며 모든 군사훈련을 이수했고, 경호실에서 10년을 생활하며 실전에 임했다. 경호관이라면 숟가락처럼 다루어야 할 총기 역시 처음에는 반동과 무게에 영 익숙지 않았다.

"네 총은 산탄총이냐?"

이런 놀림을 받을 정도로 형편없던 사격 실력은 퇴사한 지 10년이 된 지금까지도 담배꽁초를 정확히 맞출 정도다. 그러나 그 무엇보다 중요한 건 싸움의 기술이나 사격 실력만큼 완전히 내것이 되어 나를 지탱해 주는 자신감이다.

악착같이 버텨낸 시간은 고스란히 내가 되어 '이대 나온 여자'로 한정되지 않는 '군대 나온 여자'의 일면을 성장시켰고, 나는 정말로 '아니라고, 안 된다고 하기보다 안 되면 되게 하고, 악으로 깡으로' 버텨내는 스스로에 대한 믿음이 확고한 사람으로 성장했다.

이때의 경험은 지금도 고스란히 나의 소중한 일부가 되어, 배우로서도, 한 사람의 인간으로서도 두려움 없이 불확실한 미래로 나아갈 수 있는 튼튼한 신발이 되어주고 있다. (전투화만 한 신발이 또 어디 있겠는가!)

02

회사가
청와대입니다

"니 뭐한다꼬 쓰레기통을 빡빡 문질러쌌는데?"

"커피가 흘렀는지 쓰레기통이 끈끈해서 말입니다. 닦아서 말리고 비닐봉지 씌우겠습니다."

"아이고야! 이런 거 하지 마라! 누가 이런 거까지 하라대? 내도 쓰레기통 맨손으로 닦은 적 없는데, 적당히 해라."

선배가 내 손에서 플라스틱 대용량 휴지통과 수세미를 빼앗아 간다. 아침 일찍 출근해 사무실 청소를 하면서 쓰레기통을 박박 물청소하고 있는 나를 보는 얼굴에는 마음에 없는 핀잔과 다르게 대견해 하는 눈빛이 역력하다. 여자 후배라는 선입견을 깨기 위한 내 노력이 조금은 선배의 마음

지금은 개방되었지만, 당시에는 일반인에게 개방되지 않았던 청와대 본관 앞에서

을 움직였나 보다. 경호실은 보안 기관이니만큼 웬만한 사무실 청소와 내부 정리는 아침 일찍 출근한 신임 경호관의 몫이다.

"경호실에도 책상이 있어요? 매일 총 쏘고 싸우는 연습만 할 것 같은데."

"경호관은 청와대 안에서 살아요? 청와대에서는 삼시 세끼 보양식만 나오나요?"

경호실 출신이라고 하니 사람들로부터 이런 질문을 많이 받는다. 사람들이 궁금해 하는 경호관의 일상을 한 번 살펴보자.

나는 지금도 매일 아침 4시 30분에 일어난다. 반짝 정신이 들어 '오늘도 활기찬 아침!'을 외치며 개운하게 몸을 일으킨다기보다 일단 습관적으로 눈이 떠진다. 10년에 가까운 경호실에서의 생활 습관이 몸에 배어버린 탓이다. 사실 아무리 경호관이라 해도 그렇게까지 일찍 일어날 필요도, 그렇게 강요하는 사람도 없었다.

당연하지만 대통령 경호관의 출근지는 경호 대상인 대통령이 있는 곳, 즉 청와대다. 경호실(현재 명칭은 정부 조직 편제상 '경호처'이지만, 이건 어디까지나 나의 이야기이고 여러모로 현재 조직과의 차이가 존재할 것이기에 과거 내가 속했던 조직인 '경호실'로 칭하는 게 맞을 것 같다. 이 글을 쓰고 있는 현재 시점에서는 청와대도 민간에 개방된 상태이니, 후배들이 장난스레 '경호실 시조새'라고 부르는 사람의 그때 그 시절 시점임은 감안해 주시길 바란다.)에서는 임무와 조건에 따라 관사를 제공하는데, 당시 나는 행사 출동 인원이기도 했거니와 본가도 청와대와는 거리가 있던 탓에 청와대 근처에 위치한 관사에 입주해 살았다.

"우와! 좋겠다. 집까지 제공되니 엄청난 혜택이잖아!"

이렇게 생각할 수도 있겠지만, 이 역시 임무에 의한 것이지 당연하게 제공되는 것도 평생 제공되는 혜택 또한 아니다. 그저 부르면 재빨리 뛰어올 수 있는 거리에 상주해야 하는 경호관의 숙명이랄까? 군(軍)으로 치면 위수((衛戍) 지역(벗어날 수 없는 지리적 범위. 비상시 출타 인원을 신속하게 소집하기 위함)의 개념과 유사하다. 경호관의 업무라는 것이 정해진 시간에만 일하는 나인투식스(09시에서 18시까지 근무) 시스템이 아니었기에 때로 밤늦게 퇴근하거나 새벽에 출근할 때는 출퇴근길에서 멧돼지를 마주칠 정도로 관사는 호젓한 곳에 있었다. (실제로 내가 새벽 퇴근길에 마주쳐 신고한 멧돼지는 크기도 엄청나서 현재 박제가 되어 서대문 자연사 박물관에 전시된 것으로 안다.)

아무튼 출근해야 하는 회사(청와대)의 지근거리에 거주하는 탓에 그렇게까지 일찍 일어날 필요는 없었지만, 나는 매일 아침 4시 30분에 일어나는 것을 나와의 약속으로 삼았다. 공무원 출근 시간이 9시라지만, 신임 직원으로서 업무 적응이나 이런저런 준비를 위해서는 8시 정도까지 출근하면 됐다. 여기에 스스로 30분 정도의 여유를 두어 사무실 출

근을 7시 반까지로 설정하고 출근 전까지는 충분히 체력단
련을 하고자 넉넉히 4시 반에 일어나 하루를 시작했다.

아무리 운동신경도 좋고 어린 시절 태권도를 했다지만,
어디까지나 취미에 지나지 않은 실력. 함께 입사한 동기들
과 성별에서 오는 체력적 차이도 있거니와 체육을 전공하거
나 특기로 가진 이들이 많았기에 전체적인 체력 평가에서는
늘 부족했다. 그래서 남들보다 두 배 세 배는 더 노력하는
것이 당연하다고 생각했다.

캄캄한 새벽에 나와 누구보다 먼저 연무관 문을 두드리
고 들어갈 때면 늘 밖에 놓인 신문을 들고 전날 당직을 섰던
분들과 인사를 나눴다. 내가 매일 아침 닫혀있던 연무관 문
을 열며 들어서서 사람들이 내게 연무관에서 먹고 자냐고
할 정도였다.

"저는 신임 직원 시절부터 하루도 빠짐없이 매일 아침
선배님이 연무관에서 뛰고 계신 모습을 마주했습니다. 제가
아무리 일찍 출근하는 날도 선배님이 늘 저보다 먼저 와서
운동하고 계셔서 신기하고 인상 깊었습니다."

퇴사 후 마주한 후배 경호관이 이렇게 나를 추억할 정도
로 나는 부족함을 스스로 메우기 위해 매일 아침을 누구보
다 먼저 연무관에서 시작했다.

혹시 청와대 근처에 가본 적이 있으신지? 평생을 서울에 살아도 63빌딩 한 번 가본 적 없고, N타워(舊 남산타워)라곤 TV에서만 봤다는 이들도 많은데, 청와대 역시 안 가봤다 해도 전혀 이상할 것은 없다. 그래도 이제는 완전히 개방되어 내부 관람도 가능해서 주변 분위기도 많이 달라졌을 테지만, 청와대 내부는커녕 근처 도로까지 통행에 제한을 두던 때 경호관이었던 나는 새벽 출근 시각 거의 사람을 마주칠 일이 없이 오롯이 혼자 그 길을 누렸다. (*청와대 앞길은 1968.1.21.에 발생한 '김신조 사건'을 계기로 통행이 제한되었다가 1988년을 시작으로 차츰 개방되기 시작해 2017년에 이르러서야 전면 개방되었으니, 내가 입사하고 근무하던 때도 청와대 앞 일부 지역은 일반인들이 자유롭게 지나다닐 수 없도록 제한된 구역이 있던 시절이었다.)

청와대 주변 잘 알려진 시설물들로는 봉황이 멋들어지게 장식된 분수대와 관광객을 대상으로 한 홍보전시관인 사랑채, 역사문화재인 칠궁, 무궁화동산이라는 이름의 작은 공원 등이 있다. 멋진 경관과 더불어 각기 다른 역사와 이야기를 지닌 곳이니 여유로운 때에 한 번쯤 들러보는 것도 좋을 듯하다. 매일 출근길에 이런 주변 시설들을 지나쳐 출입문을 향해 뻗어있는 널찍한 횡단보도를 건너야 했는데, 이

때, 아무도 없는 횡단보도에서 신호가 바뀌기를 기다리며 서 있는 그 짧은 시간이 참 좋았다.

청와대는 대통령의 집무실인 본관 건물 지붕이 푸른 기와(靑瓦)로 되어 있어 청와대이기도 하지만, 사실상 경내 많은 건물들이 전통적인 건축양식이어서 본관뿐 아니라 다른 건물의 지붕들 역시 기와 형태로 되어 있는 곳이 많다.

청와대로 들어갈 수 있는 여러 출입문 중, 아침마다 연무관(경호 요원들의 체력단련 시설)에서 체력단련 후 출근했던 나는 시화문을 거쳐 갔는데, 이 연무관에서 시화문으로

국빈 행사 중 판문점 공동경비구역

향하는 횡단보도를 마주하고 서면 자연스레 저 멀리 웅장하게 서 있는 영빈관이 눈에 들어온다. 이른 아침햇살을 받아 반짝이는 영빈관의 검푸른 기와가 주는 설렘이란! 분수대가 물을 뿜는 계절에는 부서지는 물살과 더불어 잘게 흩어지는 햇빛이 그 반짝임을 더하며 가슴을 두근거리게 했다. 서울 한 복판에 이토록 전통적인 아름다움이라니!

'여기가 내가 매일 출근하는 직장이야! 나는 나라를 위해 내 목숨을 내놓을 각오로 중요한 일을 하고 있어! 매일 아침 이렇게 나는 하루를 충실히 시작하고 있는 거야!'

사회 초년생의 열정과 패기는 그렇게 마주하는 모든 순간으로부터 자부심과 설렘을 느꼈다. 출근길에 마주하는 반짝이는 기와지붕의 찬란함마저 이곳에 출근하고 생활하는 나와 동일시할 정도로, 말 그대로 보람차고 으쓱한 나날이었다.

당연한 일이지만, 세상 모든 일에는 우아하고 찬란한 이면에 그와 상반되는 모습도 존재한다. 대통령 경호관으로서의 생활 역시 밖에서 상상하던 것만큼 멋지고 화려한 것들로만 가득 차 있지는 않았다. 매일 새벽 짙은 어둠이 아직 깨지도 않은 시각, 연무관에 들어가 체력을 단련하고 나라를 위해 큰일을 해내겠다는 다짐과 잘 예열된 몸으로 사무실에 출근한 신임 경호관이 가장 먼저 하는 일은 폼 나게 총을 쏘는 것도, 국내외 정보수집도 아닌 바로 청소였다.

그래, 언제나 모든 일의 기본은 청결 아니던가? 소림사에서도 청소 내공을 수년간 쌓은 후에야 비로소 무예를 익힐 수 있는 자격이 주어진다고 했거늘! 청와대 경내에 위치한 경호실 위치는 물론 임무와 다루는 서류 역시 모두 보안이었기에 최소한의 사무실 내부 관리는 자연히 신임 직원들의 임무였다. 처음 내가 배치된 부서의 선배는 내게 '경호관이 청소를 해야 하는 이유'에 대해 굉장히 오랜 시간 설명을 해 주었다. 뭔가 대단한 임무를 할 거라는 기대로 입사한 신참이 청소라는 잡무에 대해 불만스럽게 생각하거나 수용하지 못할 거라고 걱정했기 때문일 것이다. 더군다나 선배로서도 여자 후배는 처음이었을 테니 많이 고민이 되었나 보다. 그렇게 청소의 당위성에 대해 엄중하고도 장황한 설명을 해줬던 그 선배는 한 달쯤 후, 내게 마음을 열었다.

"솔직히 너에 대해 선입견이 있었다. 더럽고 힘든 일은 하기 싫을 텐데 시키니까 어쩔 수 없이 티 안 내고 하는 거라고 생각했다. 그런데 쓰레기통을 비우는 걸 떠나서, 거기다 맨손을 넣고 쓰레기통 바닥까지 닦는 사람은 네가 처음이다. 선배들 책상도 다 닦는 것 같던데, 앞으로 그렇게 까진 하지 마. 꼭 필요한 것만 해라. 도와줄게."

아무 생각 없이 그저 쓰레기통 바닥에 고여 있던 커피 얼룩의 끈적함이 눈에 거슬려 박박 닦아내는 모습이 선배의 선입견을 무너뜨린 순간이었다. 사실 그 선배뿐 아니라 신임 직원 초기에는 대부분의 시선에서는 최초의 여자 후배에 대한 기대와 응원 못지않게 미덥지 않다는 우려와 근심 역시 존재했다.

도라에몽 정장과
날개 달린 구두

"이 경호관, 오늘 퇴근하고 나랑 어디 좀 갈까?"

"아, 네. 알겠습니다."

'아…… 모처럼 일찍 퇴근인데, 빨리 집에 가서 쉬고 싶은데…….'

입사 후 처음 배치된 부서에서 만난 나의 사수는 특별한 말보다는 그저 묵묵한 미소로 나를 지켜봐주던 온화한 분이었다(훗날 내가 퇴직한 이후 경호처장까지 역임하셨는데, 경호관 출신으로서 본래 정무직으로 별도 임명이 되는 경호처장 자리까지 오른 몇 안 되는 분이었다). 어느 날 퇴근 무렵 뜬금없이 같이 시장에 가자고 하셨다.

사수가 그렇게 귀찮은 마음을 애써 숨기며 따라나선 나를 데리고 간 곳은 회사 근처 통인시장 골목에 있던 수제화 가게였다. 말수도 없던 선배가 그렇게 말을 많이 하는 모습은 처음이었다. 머리는 희끗희끗하고 눈에는 돋보기안경을 걸친, 정말 영화에나 나올법한 효자동 구두 장인 같은 모습의 구둣방 아저씨에게 최대한 상세히 설명해 가며 내게 신발을 하나 맞춰 주었다. 그때까지도 아직 이런저런 요령도 없고, 물어볼 여자 선배조차 없어, 딱딱하고 볼이 좁은 여자 구두를 신고 뛰어다니느라 늘 발이 아팠던 나를 유심히 지켜보던 사수의 속 깊은 배려였다. 사수가 맞춰 준 신발은 겉보기엔 정장 구두였지만 사수가 공들여 주문한 대로 발볼도 넓고 바닥 쿠션도 두툼해 마치 운동화처럼 편했다. "좋은 구두를 신은 사람을 좋은 곳으로 데려다준다"는 말이 있던가? 나는 말 그대로 사수가 맞춰준 구두를 신고 경호관으로서의 성장에 작은 날갯짓을 시작했다.

　　다정했던 사수가 있는가 하면, 대부분의 선배들은 최초의 여성 경호관으로 입사한 후배에게 일부러 더 가혹하고 엄중했다. 남자 동기와 함께 있더라도 일부러 더 무거운 장비를 옮기게 하고, 더 궂은 일, 하기 싫은 일을 하도록 했다.

솔직히 그런 의도와 선배들의 마음을 모르는 바는 아니었지만 서운하고 힘들었을 때도 많았다. 상대적으로 편한 내부 근무보다는 외곽 근무를 돌아야 했고, 야간 근무를 설 때면 밤의 한 가운데, 즉 잠들었다 깨기도, 다시 잠들기도 애매한 01:00~03:00시 근무를 섰으며, 식사를 할 때도 내가 제일 싫어하고 못 먹는 음식 위주로 그날의 메뉴가 정해졌다.

"이 경호관은 못 먹는 게 뭐야?"

"순댓국과 추어탕입니다."

그날부터 점심 메뉴는 순댓국과 추어탕이었다. '경호관은 불가능이 없어야 한다'는 게 선배들의 주된 사고방식이었다. 덕분에 지금은 순댓국과 통 추어탕을 찾아다니며 먹을 정도로 좋아하게 되었고, 아무리 뜨거운 음식이라도 5분 컷으로 먹고 출동 준비를 할 수 있을 정도니, 정말 '안 되면 되게 하라!'는 건 가능한 말인 듯싶다.

2005년 '광복 60주년' 기념행사 때는 행사를 준비하는 몇 주간 8월의 불볕 속에서 광화문 일대 경호구역 내 반경 수 킬로미터를 하루종일 누비고 다녔는데, 살면서 한 번도 가보지 못했을지도 모를 그 일대 각 건물의 지하실부터 옥상까지

2006년 '수실로 밤방 유도요노' 인도네시아 대통령 내외 국빈 방한 시 현충원에서

정말 샅샅이 누비고 다니며 재미있는 경험도 많았다.

"야, 이거 뭐야? 계집애가 여기가 어디라고 왔어? 죽고 싶어?"

1층에 번화한 프랜차이즈 가게가 위치한 건물의 옥탑층에 다다랐을 때였다. 위에서 내려오던 덩치 큰 남자 무리와 마주쳤다. 반쯤 상의를 탈의한 트레이닝복 차림의 남자들이었는데 맨 살갗은 온통 화려한 문신에 덮여 알록달록했다. 건달들의 숙소인 모양이다. 외곽 근무를 하며 일대를 돌다보면 이런 경우가 꽤 많아 당황하지 않고 대처한다.

"아이고, 쉬시는데 죄송합니다. 옥상에 올라오면 담배 피울 데가 있나 싶었는데……."

어물쩍 넘기며 재빨리 인원을 파악한다. 괜히 내 신분을 노출하면 행사 준비 상황 등 보안이 노출되기에 실수로 올라간 척하며 다시 내려오는데 남자가 어깨를 잡아챈다.

"하, 어이가 없네. 말하다 말고 어디 가냐?"

때마침 아래에서 따라 올라오던 사복 차림 경찰관의 무전기가 울린다. 무전기 소리와 귀에 찬 이어피스 등을 보고 멈칫하는 남자의 손을 예의 바르게 떼어 내고 자리를 벗어난다.

"아이고, 제가 지금 잡혀가는 중이라서요. 같이 가실 거 아니면 다음에 뵐게요."

내려와 해당 지역을 관할하는 기관의 담당자와 해당 건물의 정보를 파악한다. 이전에도 통제구역 내 무리를 지어 불법 주차한 차들을 무더기로 견인하며 차주인 조폭들과 마주한 적이 있었는데, 이런 일쯤이야, 비일비재하다. 이렇게 대놓고 위협적인 사람들보다는 겉으로 보기에 전혀 티가 나지 않는 잠재적인 위해 요인들이 훨씬 위험하다. 더 많은 곳을 직접 돌아다녀 보고 많은 상황에 부딪혀 보라는 선배들의 집중훈련을 받으면서 나는 내 나이에 할 수 없는 많은 것들을 경험하며 단단한 경호관으로 성장할 수 있었다.

대통령 경호실이라는 잘 알려지지 않은, 그래서 더욱 궁금하고 비밀스럽게 느껴지는 곳에서 일하는 나를 볼 때 가족이나 친구들은 언제나 눈에 기대와 감탄을 가득 담는다.

"경호관들 너무 멋있지? 잘해줘? 완전 '007 시리즈' 제임스 본드 실사판이겠다!"

질문을 던지며 환상의 나래를 펼치지만, 내 대답은 늘 같았다.

"딱 반만 맞아."

멋있는데 잘해주진 않고, 제임스 본드 실사판이긴 한데 같이 축구하고 족구할 때는 동네 아저씨들 같기도 하고. 세상 어디에도 없을 멋있고 훌륭한 선배들임은 분명했지만, 본드걸이 아닌, 후배인 내게 경호실은 든든하지만, 붙어있으면 투덜대는 남자 형제 같았다.

단체생활인만큼 행사 출동도, 훈련도, 생활도 거의 대부분의 시간을 함께해야 했는데, 그 모든 과정에서 '배려'보다 강한 애정을 바탕으로 '차별 없는' 대우에 길들여지다보니 마침내 경호실 생활 1년 만에 식성부터 생활패턴까지 많은 것들이 변하게 되었다.

"이 경호관 어딨어? 당장 뛰어와!"

언제 귀에 꽂은 이어피스로 꽂히는 호출 명령에 즉각 반응할지 모르니 갓 나온 뜨겁고 얼큰한 국밥을 5분 내로 들이키는 아재 식성의 달인이 된 것은 기본이고, 시간이 날 때는 배구, 축구, 족구, 풋살 각종 공놀이로 단합을 다졌다. 초반에는 공이랑 상극이냐, 왜 공과 상관없이 이리저리 뛰어다니기만 하느냐는 핀잔이 대부분이었지만, 나중에는 비가 쏟아지는 와중에 흙탕물을 첨벙거리며 온몸을 땀과 비로 흠뻑 적시는 우중 축구의 묘미를 즐길 만큼 그 생활에 젖어 들었다.

"아니, 머리 말리는 데만 5분 이상이 걸리는데요."

2007년 '일함 알리예프' 아제르바이잔 대통령 내외 국빈 방한

볼멘소리가 튀어나오던 처음과 달리 운동 후 샤워까지 마치고 튀어 나가 선배님들 이동할 차량 정비까지 하는데 10분이면 충분했다. 어떤 상황에든 대비해 손이 자유로워야 하는 경호관의 특성상 핸드백을 들고 다니는 건 상상도 할 수 없었기에 소위 '아빠 옷 입고 왔냐?'는 놀림을 받을 정도로 품이 큰 정장을 맞춰 안에 여기저기 주머니를 만들어 나는 물론, 내가 지켜야 할 피경호인에게 필요할지도 모를 온갖 장비와 소지품을 가지고 다니게 되었다.

전차 화장을 하거나 머리를 손질하는 것도 귀찮아져 대충 하나로 올려 묶은 올백 머리(일명 스티븐 시걸 스타일)가 트레이드 마크가 되었고, 흰 셔츠에 어두운 정장 슈트, 구두 차림과는 달리는 차에서 뛰어내리고 탈 수 있을 정도로 한 몸이 되었다.

대학을 갓 졸업한 20대의 젊음이었기에 예쁘게 꾸미고 싶은 마음도 있었고 낯섦에 적응은 했어도 불만스럽고 서운할 때도 있었다. 구기종목에 익숙하지 않은 내게 이마가 파래질 때까지 헤딩을 가르치고, 어쩌다 찾아온 휴일에는 집에서 쉬기보다 워크숍이라는 미명 하에 전국 각지로 등산이며 스쿠버다이빙, 승마, 골프 등 다양한 것을 배우고 체험하게 하는 조직문화 덕에 개인 시간은 거의 없었다. 정말 못 하는 것뿐 아니라 못 먹는 것도, 못 해본 것도 없게 만들어 준 매일 매시간이었다. (이때의 경험을 가지고 리포터 때로 돌아간다면, 서러움에 눈물 흘리는 일 없이 해삼을 통째로 뜯어 먹을 수도 있으리라.)

그리고 그 시간을 통해 결국 나는 '안 되면 되게 하고, 안 된다고, 아니라고 하지 않고 악으로 깡으로' 버텨내는, 못 하는 것도 없고, 싫은 것도 없는 경호관으로 성장할 수 있었다.

지나고 나니 경호실에서 배운 것은 언제 어떤 상황에서든 몸을 던질 수 있는 완전한 준비 상태를 갖춘 긴장 상태의 몸과, 해내지 못할 것은 없다는 스스로에 대한 무한한 신뢰가 넘치는 마음이다. 선배들은 언제 어디서든 항상 경호관으로서 최선을 다할 수 있는 준비된 몸 상태와 더불어, 어떤 상황에서도 무슨 일이든 스스럼없이 해낼 수 있는 자신감을 키워주려 했던 것임을, 무던한 시간이 흐른 후에야 깨달을 수 있었다.

내게 처음으로 발이 편한 구두를 맞춰 준 나의 사수도, 헤딩을 가르쳐 주겠다며 반질반질한 이마를 시퍼렇게 멍들게 한 선배도, 주말마다 전국 각지로 데리고 다니며 안 해본 것들을 섭렵하게 해준 선배도, 모두 나름의 방식으로 나를

2008년 후진타오 전 국가주석 방한

아끼고 애정하며 한 사람의 경호관으로 성장시켜 주었다. 그리고 그 모든 시간과 경험을 내 것으로 오롯이 가지고 나온 나는, 더 이상 반짝이는 파란 기와지붕을 바라보며 출근하지 않는 지금도 여전히, 그때와 다름없는 자신감과 설렘으로 매일을 마주하고 있다.

경호실
3대 바보

경호관에게 절대 허용되지 않는 말이 있다.

바로 "모릅니다"와 "어떻게 합니까?"이다. 웬만하면 모르는 상황이 없어야 하고, 그래도 모른다면 "확인해서 보고하겠습니다"라고 대답해야 하며, 어떻게 할지 남에게 기대기 전에 스스로 대책을 강구해서 해결해야 한다.

선배들이 우스갯소리로 해준 농담이다.

"저 나무 이름이 뭐예요?"

"고목입니다."

"저 산이 무슨 산이에요?"

"무명고지입니다."

"아이, 예쁘게도 생겼네, 저기 핀 꽃은 이름이 뭐예요?"

"들꽃입니다."

VIP(피경호인)와의 이 대화 이후 청와대에서 영원히 그 모습을 찾아볼 수 없었다는 전설의 경호관 일화가 있을 정도로 경호관은 주변 지형지물이나 상황에 대해 언제든 파악해야 하는 것이 기본 마인드다. 역사 깊은 청와대 경내·외의 건물들이 언제, 어느 회사가 시공하여 지어졌는지, 곳곳에 문화재는 어떤 역사를 지니고 있는지, 자라나는 나무와 풀들은 이름과 특성이 어떠한지 문화유산 해설사가 울고 갈 정도로 줄줄 읊을 수 있는 것은 물론, 경내를 다니는 차량번호만 봐도 누가 타고 있는지 파악할 수 있을 정도가 돼야 했다. 수시로 바뀌는 인원과 상황에 대해서도 모두 인지하고 있어야 하기에 누가 묻든 바로 답변할 수 있는 건 기본이었다.

그야말로 완벽을 추구하는 경호 요원이기에, 선배들은 후배들이 입사하면 흔히 저지르는 실수를 가리켜 '경호실의 3대 바보'라고 놀렸다. 바로 '차 못 타는, 밥 못 먹는, 길 못 찾는' 바보다. 경호실에서 행사 목적으로 이용하는 차량은 기종이나 색깔 등 거의 외관으로 구별이 되지 않기 때문에, 이에 익숙하지 않은 신입 경호관의 경우 급박한 행사 현장에서는 어느 차가 누구 차인지 헷갈리기 일쑤다. 이미 달리기 시작한 차량 대형에서 이 차인가 싶어 문을 열면 부장님이 타고 계시고, 저 차인가 싶어 매달리면 이미 다른 사람이 타고 있어 결국 차를 놓치고 걸어가야 할 상황에 놓여 버린다(물론 어딘가 꽁무니에 남는 차를 타고 오거나 철수하는 다른 팀에게 놀림을 받으며 끼어 돌아오는 방법도 있다).

어느 한 사람이 제 몫을 해 내지 못하면 다른 사람에게 그 책임이 두 배가 되는 것은 물론, 큰 구멍이 될 수도 있기에 경호관은 늘 최소한의 자기 몫은 해 내야 한다. 그 안에는 밥을 먹거나 화장실을 가거나 하는 사소하지만, 중요한 것들도 포함되어 있다.

"뭐야, 아직 밥 안 먹었어?"

정말로 밥을 안 먹었다면 바보가 되었다. 돌아가며 밥을 먹을 수 있는 시간이 주어진다면 좋겠지만, 그럴 수 없는 상황도 있기에 자기가 알아서 자기 시간에 남에게 피해를 주지 않고 끼니를 때워야 한다. 나도 따로 밥 먹을 시간이 주어지지 않을 때 잠깐 시간이 나는구나 싶어 식당에 가서 라면을 시켰다가 군침 도는 비주얼의 음식이 나오는 순간 호출 명령이 떨어져 눈물을 머금고 계산만 하고 식당을 뛰어나온 눈물 젖은 기억이 허다하다. 이때의 기억 때문인지 나는 지금도 귀에 뭘 꽂는 걸 싫어하는 편인데, 요새 많이 착

차량이 일정 속도가 되기 전까지 함께 뛰며 차량 주변을 경계한다.

용하는 간편한 무선 이어폰조차 불편하고 답답하게 느껴져
꺼린다. 뭐가 됐든 일단 귀에 뭘 꽂는 순간, 무전기 이어피
스를 귀에 장착했을 때의 상황과 긴장감이 떠오른다. 언제
어디서 누가 날 불러 튀어 나가야 할지 모를 그때의 기억.
아무튼 제때 제 배를 채우지 못한 건 본인 책임이다. 끼니를
걸러 배가 고프고 체력이 떨어진다면 그건 누군가에게 배려
받아야 할 안타까운 상황이 아닌, 그저 민폐를 끼치는 경호
관 3대 바보에 불과하다.

마지막으로 길 못 찾는 바보다. 경호관들은 어디를 찾아가든, 현 교통상황에서 가장 안 막히는 가장 빠른 지름길을 알고 찾아가는 데 자부심을 느끼며 혈안이 되곤 한다. 가끔 가족들과 여행을 갈 때면 내가 이동계획을 수립(?)하는데, 이때 나는 목적지와 이동 시간대를 고려해 최적의 경로를 3안까지 준비한다.

가장 빨리 갈 수 있는 최단코스부터 좋은 경치를 감상하며 중간에 명소를 경유할 수 있는 코스, 가면서 들를 수 있는 휴게소와 맛집, 이동 수단 등 거리부터 각 코스의 장단점과 발생할 수 있는 우발적 상황에 대비한 차선책까지 완벽하게 사전계획을 마친다. 코스를 정립한 후에는 외곽뿐 아니라 내부 이동 계획도 수립하는데, 예를 들어 인천공항을 이용한다면 차량을 어디에 주차하고 출국장에서는 몇 번 게이트를 이용하는데, 그 과정에서 셔틀을 이용하는지, 이용한다면 얼마나 걸어야 하는지, 가장 가까운 엘리베이터는 어디에 있는지, 주변에 카페테리아나 라운지, 샤워 시설이나 입고 간 겨울옷을 맡길 수 있는 시설 등 이용할 수 있는 편의시설은 몇 시에 여는지, 얼마나 떨어져 있는지 등이다.

"자, 이번 가족여행의 목적지는 순천입니다! 일단 숙소는 1번 호텔부터 5번 펜션까지 준비했고, 가는 경로는 1안

비행기, 2안 KTX, 3안 차량. 차량을 이용할 경우 이용할 휴게소는 여기, 저기이고, 가는 길에 들러볼 곳 중 ○○○가 있으며, 가는 길에 식사는 1안 한식, 2안……."

함께 가는 가족들은 늘 피곤하다고 말하지만 그래도 속내로는 편하게 여기고 있다고 생각하고 싶다.

가족여행에서 이 정도인데 대통령 행사를 준비하는 경호관들은 어떻겠는가? 행사장까지의 이동 계획은 물론 코스답사, 목적지에 도착해서까지 모든 단계에서의 계획을 수립하고 사전답사를 마치는 건 당연지사다. 그렇기에 어디를 가든 길을 모른다는 건 말도 되지 않는 상황이며, 도착해서도 주변에 뭐가 있는지 파악하지 못해 헤맨다거나 본인이 있는 위치를 설명하지 못하는 건 상상조차 할 수 없다. 단순히 회식하러 간다 치더라도 그 시간대에 가장 빠른 길은 어디인지, 남들이 혀를 내두를 만한 나만 알고 있는 지름길을 개발했는지, 식당 입구까지 일방통행인지 단차선 도로인지, 차에서 내려서 정문까지 얼마나 걸어야 할지, 주차는 어디에 해야 하는지 등. 길 못 찾는 바보는 단순히 지리를 모르는 것뿐 아니라 이렇게 수많은 '길'의 의미가 포함되어 있다.

이런 경호관 생활이 몸에 배다 보니 자연스럽게 생겨난

수많은 직업병 중 아직도 고쳐지지 않아 이제는 그냥 내 특성이 되어버린 몇 가지를 소개해 본다.

먼저 물을 잘 안 마신다.

"제발~ 제발 부탁인데 물 좀 많이 드세요!"

내게 운동을 가르쳐 주는 트레이너가 안달복달할 정도로 일상뿐 아니라 땀을 뻘뻘 흘리며 운동할 때마저도 물을 잘 안 마시는 편인데, 물뿐만 아니라 사실 일할 때는 밖에서 음식도 잘 먹지 않는다. 이는 장시간 차량 기동을 많이 하거나 행사를 다니면서 밴 습관 때문이다. 원하는 때 당연하고 여유롭게 화장실을 이용할 수 없는 생활을 오래 하다 보니 물을 먹거나 음식을 섭취하는 데 스스로 제약을 두는 게 습관이 되어 버렸다. 이제는 맘껏 먹어도 원할 때 화장실을 이용할 수 있지만 여전히 집을 나서거나 촬영 전후에는 물을 마시거나 식사하는 게 나도 모르게 선뜻 맘이 놓이질 않는다.

또 꼭 필요하지 않더라도 온갖 것들을 가지고 다니는 습관이 남아 있는데, 언제 어느 상황에서 누가 필요로 할지 모르는 물건들을 도라에몽(일본 만화 캐릭터. 온갖 비밀도구를 주머니에 넣고 다니며 주인공을 도와준다.)처럼 양복 주머니 곳곳에 장착(?)하고 다니던 경험 때문이다. 계절 따라 부채, 손수건, 물티슈, 핫팩은 물론이고 구강 청결제, 껌, 손 소독제, 탈

취재, 반창고, 손전등, 보조배터리, 케이블타이, 비상약품까지 챙겨 다니는데 시간이 지남에 따라 그 가짓수는 줄어들고 있지만 여행이든 지방 촬영이든 갔을 때 꼭 한 번은 나와 주변 사람들에게 도움이 되는, 여전히 요긴한 습관이다.

어디를 가든 약속한 시간보다 최소한 30분 전에 도착해 CCTV 소화기, 소화전, 비상계단, 탈출구, 완강기 등의 위치와 더불어 승강기가 소방용인지, 몇 인승인지 확인해 두는 것은 따로 주의를 기울이지 않아도 자연스레 몸에 밴 습관이고, 그 외에도 실내에 몇 명이 있는지, 인상착의는 어떤지, 뭔가 이상한 점은 없는지 관찰하게 된다.

또한 엘리베이터를 타거나 내릴 때 손으로 엘리베이터 문을 잡고 있는 것은 물론, 자동문부터 미닫이문이나 여닫이문 등 웬만한 문은 다 내가 열고 닫는다. 이는 단순히 의전적인 편의를 제공하는 것보다도 들어오고 나가는 사람을 확인하고 안전을 확보하는 게 몸이 밴 경호관으로서의 직업 특성이 남아있기 때문이다. 이 버릇이 오래 몸에 배다 보니 때때로 사람이 많은 쇼핑몰에서는 내가 '당긴' 문에 수십 명이 쏟아져 나오는 걸 다 기다리고 난 이후에야 비로소 들어가는 건 물론, 다른 사람이 다 타고 내릴 때까지 엘리베이터를 버튼이 아닌 문틈을 '손으로' 잡다가 마지막에 타는 웃지

2006년 '아니 유도요노' 인도네시아 대통령 부인 방한

못할 경우도 많다.

임무에 따라 달리는 경호 차량에서 승·하차해야 하는 경우가 많다 보니, 퇴직한 지 얼마 되지 않았을 때는 택시를 잡을 때면 미처 서지도 않은 차 문을 열거나, 차에서 내릴 때 역시 미처 정차하지도 않은 차 문을 벌컥 열고 달리는 차에서 내리려 하기도 했는데 택시 기사 아저씨의 불호령을 몇 번 듣다 보니 금세 고칠 수 있었다.

갓 대학을 졸업하고 상대적으로 남자들이 많은 조직에서 10년을 지내다 보니 나도 모르게 행동뿐 아니라 정신적인 면으로도 많이 조직 문화에 동화되어 있었는데, 덕분에 애교를 잃고 능글맞음을 얻은 것 같다. 경호실에 있을 때는 미처 인식하지 못했는데, "다나까"로 끝나는 말투와 단답형의 대화에 익숙하다 보니 퇴직 후 내 또래의 여성들이 사용하는 "해주세요"의 어휘나 혀 짧은 말투, 비음 섞인 목소리는 지금도 영 낯설다. 그나마 시간이 흐르면서 "다나까" 말투는 고쳐졌는데, 기본적인 마인드 셋을 고치긴 시간이 더 필요한가 보다.

"전 경호관, 너 몸무게 60kg 넘지? 아니라고? 거짓말하지 마! 야, 너 정도면 당연히 넘지!"

내가 사무실 전화로 몸무게를 물었던 상대방은 갓 입사한 여자 후배 경호관이었는데, 이 통화를 한 후 마음을 다쳐 펑펑 울었다고 나중에 속내를 토로했다. 당시 나는 도무지 어느 부분에서 마음을 다쳤는지 이해할 수 없었는데, 내 딴에는 신입으로 선발된 키도 크고 건장한 체격의 다부진 여자 후배를 자랑하다가 나온 대화였기 때문이다.

나는 매 분기 정기 신체검사를 할 때도 선배들이 내 신체검사지를 돌려가며 보고 키가 얼마인데 몸무게가 더 나가야 하네, 근육량이 적네, 체지방률이 어떻네 온 동네방네 이야기꽃을 피웠기에 몸무게가 60kg이 안 되는 데 늘 열등감을 느꼈고, 그 때문에 드디어 키도 남자 경호관만큼 크고 건장한 체격의 여자 후배가 들어오자 부럽기도 하고 자랑스럽기만 했던 것이다. 늘 도라에몽 같은 남자 정장을 맞춰 입고, 그 문화에 젖어 있던 내가 갓 들어온 20대 초반의 여자 후배에게 주었을 상처는 내가 퇴직한 후 여자들은 55사이즈 이내로 입고 50kg이 넘으면 살찐 거라는 말도 안 되는 문화권으로 다시 돌아온 후에야 다시 이해할 수 있었다.

여린 여성들의 마음을 헤아리기까지 시간이 오래 걸렸어도 덕분에 아저씨 같은 능청스러운 여유와 뻔뻔함은 타의 추종을 불허한다.

"쉬었다 가시게 아니면 자고 가시게?"

"아, 자고 가야지! 서울에서 이 먼 데까지 왔는데. 하하, 방은 두 개요!"

예상치 못한 상황에 귀까지 빨개지며 머뭇대는 매니저를 대신해 내가 대답하고 카운터에서 방 키를 받아 건네준다.

"하⋯⋯. 누나는 진짜, 가끔 보면 아저씨 같아요."

하루를 예상하고 갔던 지방촬영지에서 촬영 시간이 지체되며 다음날까지 연기되자 어쩔 수 없이 현장에서 급히 숙소를 잡아야 했을 때의 일이다. 대실인지 투숙인지를 확인하는 카운터에서의 상황이 어린 남자 매니저에게는 어색하게 느껴졌을 수 있지만, 같은 상황을 이미 경호실에서 여러 번 겪었던 나로서는 그때의 기억이 떠올라 재밌기만 했다. 지방으로 출장을 가거나 훈련을 갈 때 인근에서 숙소를 잡는 것은 막내 경호관의 몫이었는데, 당시 처음 입사한 20대 여자 후배를 혼자 숙소를 잡으라고 보내기가 꺼림칙했던 부장님이 내 위 기수의 선배와 나를 같이 보냈다. 그런데 그 상황이 더 어색했다.

"쉬었다 가시게, 자고 가시게?"

"예? 아뇨, 예? 얘가 제 후배인데요! 아니, 아무튼 이거 출장 온 건데, 방 다섯 개 주세요!"

처음 겪는 상황에 선배는 지금의 매니저만큼이나 당황스러워했다.

"야! 앞으로 숙소 너 혼자 잡아. 알았어?"

선배가 괜히 성질을 부렸던 기억이 생생하다.

내가 생각해도 잘 배웠다 싶게 남아있는 직업병 중 하나는 바로 철저한 음주 매너이다. 사실 여대를 다니며 술이라고는 이름도 길고 달콤한 맛에 과일주스나 다를 바 없는 칵테일이나 몇 모금 하는 정도였는데, 앞서 말한 것처럼 경호관은 못 하는 것이 없어야 하기에, 경호실에서 엄격한 조직 문화를 통해 층층시하 선배들께 술을 잘 배웠다. 술을 잘 배웠다는 것은 단순히 주량이 세다는 게 아닌, 엄격히 자신의 상태를 통제할 수 있다는 의미다.

경호관들은 언제 어떤 상황에 놓일지 모르는 임무 특성상 1차부터 몇 차에 이르기까지 오랜 시간 긴장을 풀고 술을 마실 수 없다. 그래서 대부분 어쩔 수 없이 생기는 큰 단합대회나 뒤풀이에서도 길어야 두 시간 내에 간단한 반주를 곁들인 식사로 분위기만 내는 정도다. 이때 짧은 시간 내에 빠르게 마셔도 선배들 모두 안전히 귀가하시는 걸 확인한 후 정신 똑바로 차리고 집에 들어가는 게 습관이 되어 버렸다.

이 버릇은 직업을 바꾼 후에도 꽤 진가를 발휘해서, 지금도 대부분의 회식 자리에서 동석한 사람들이 무사히 귀가하는 걸 확인하는 게 습관이 되어 있다. 모 촬영장 뒤풀이에서 수십 명의 출연진과 제작진, 매니저와 스태프들을 모두 택시를 잡아 귀가시키고 휴대폰, 가방 등 분실물을 수습해서 다음 날 아침 잘 귀가했는지 확인하는 문자와 함께 분실물을 찾아준 일화가 소문이 났다. 그래서 "이수련 씨랑 술 마시면 세상 어떤 VIP보다 안전하게 집에 갈 수 있어"라는 말이 돌았다고도 한다. 이외에도 언제나 '통신축선상 대기'

해야 했던 습관이 남아 지금도 전화나 문자에 대한 응소 대기시간이 거의 즉각 반응 정도로 빠른 편이다. 덕분에 내게 연락해 오는 사람들은 영화 〈Her〉에 등장하는 온라인상에 사는 AI가 아니냐며, 기다리는 시간 없이 답변이 빨라 좋다고 한다.

05

청와대 마돈나

"너는 왜 맨날 기사에 얼굴이 찍히고 다니냐? 칠칠치 못하게."

선배들은 행사 이후 내가 각종 기사에 얼굴이 찍히는 것을 못마땅해했는데, 이건 내 잘못이 아니다. 사실 내 임무상 피경호인의 최근접에 위치하다 보니 찍힐 수밖에 없기도 했지만, 아무래도 전에 없던 최초의 여자 경호관이 우리 대통령이든, 해외에서 방한한 국빈이든, 피경호인 근접에서 자주 눈에 띄다 보니 기자들도 신기해서 사진을 찍어 선물이라며 액자를 만들어 보내주기도 했다. 임무상 이렇게 사진에 노출되는 것은 어쩔 수 없지만 사실 경호관은 얼굴이나 특정 인물로 인지되면 보안상의 이유로 활동에 제약이 따르는 탓에 선배들이 염려하는 것도 당연했다.

그런데도 나의 활동 영역은 점점 넓어졌는데, 영문학 전공이라 각국에서 우리나라를 찾는 미국, 중국, 일본을 비롯한 수많은 나라의 정상들을 근접에서 경호한 것은 물론, 핵안보정상회의 등 다자간 국제회의에서 경호 대책을 담당하는 경호안전통제단의 대변인 임무를 맡기도 했다. 방송 리포터였던 이력을 살려 노무현 정부 때는 전 청와대와 관계 부처장이 한데 모인 자리에서 대통령에게 당대 핵심 국정과제였던 경호실의 혁신계획을 발표하기도 했다. 또한 국내외 각 기관과의 업무협약을 체결하는 MOU를 진행하는 기관 간 협의체 연락관으로서의 역할도 수행하며, 세계경호기관과 소통하는 한국 담당자이기도 했다.

"몸으로 현장에서 뛰는 경호관이 아니었어요?"

혹자는 이렇게 묻기도 한다. 몸으로 현장을 뛰는 건 기본 중의 기본이다. 경호실은 인력이 한정된 조직이라 모든 인원이 현장에서 활동하는 능력을 갖춘 경호관으로 선발되어 경호활동을 기본으로 하는 동시에, 본인의 재량과 특성에 맞춰 기본 행정업무를 비롯해 별도의 부가적인 임무도 동시에 수행한다. 더군다나 내가 경호실에 있던 기간이 10년이니, 다

2005년 '콘돌리자 라이스' 미 국무장관 방한

양한 경력을 쌓기에 충분한 시간이었다.

　이런저런 활동을 통해 대한민국 1호 여성 대통령 경호
관의 존재가 입소문을 타면서 각 기관과 일반 기업에서도
내게 관심을 보이는 경우가 많아졌다. 군, 경, 국정원 혹은
외교부와 함께 업무를 할 때면 보안 특성상 직접 서류를 주

고받으며 대면할 기회가 많았다. 이때 업무 서류와 함께 손 편지를 건네며 본인이나 본인이 속한 기관의 누군가의 호감을 수줍게 전해오는 일도 있었다. 워낙 개인 시간도 없이 경호실 생활만으로도 바빴던 탓에 따로 만남이 성사된 적은 없지만 시간이 흐른 뒤 높은 자리에 올라 TV에 나오는 얼굴들을 볼 때면 '그때 그런 일도 있었지. 그들은 배우가 된 내 소식을 접하면 어떤 생각이 들까?' 절로 웃음이 난다.

1년 365일 한결같이 검은 정장에 흰 셔츠, 화장기 없는 무표정한 얼굴에 단정한 올백 머리로 행사에 임했던 나는 모르는 새 유관기관의 업무 담당자들 사이에서 암암리에 '미스 에이전트' 또는 '청와대 마돈나(!?)'라는 별명으로 불린다는 것을 그쯤 알게 됐다. VIP 행사마다 얼굴을 비추는 최초 여성 경호관의 등장이 호기심을 자극한 탓일 것이다.

때로는 이러한 관심과 호기심에 불호령을 맞을 때도 있었는데, 행사장에 도착해 달리던 선도 차량에서 내려 VIP의 차량 문을 열었을 때다. 이미 공개된 행사였기에 행사장에는 사람들이 꽤 모여 통제되고 있었는데, 그중에서 누군가가 외쳤다.

"꺅! 경호관 언니 너무 멋져요!"

엄숙히 통제된 행사장에서 연발하는 소리에 무전기 이

어피스에서는 선배의 화난 목소리가 귓속을 파고들었다.

"야, 누구야! 조용히 안 시켜?"

누구도 겉으로는 내색하지 않았지만, 행사장을 소란케 한 책임을 묻는 눈길이 역력했다. 곁에 따라붙은 의전 담당자가 선배님 귀에 대고 말했다.

"허허, 이 경호관 인기가 대단하네요."

그날 행사를 마친 후 사무실에 복귀해 가진 디브리핑(Debriefing : 임무를 마친 후 갖는 그날의 상황 보고)에서 나는 누군지 알 수 없는 그 팬(?)분 덕에 호된 질타 세례를 받았다.

모르는 사람인 경우도 있지만, 행사장에서 나를 아는 사람들을 만나게 되는 경우도 있었다. 우연히 VIP 근접에서 수행하는 나를 알아본 대학 때 교수님, 혹은 어릴 적 친구들이 반가운 마음에 소리치며 아는 척하는 경우도 있었다.

"멋있다. 이수련! 야, 진짜 멋있네, 멋있어!"

그 반가운 마음과 응원하고픈 의도는 너무나 감사했지만, 역시 사무실에서는 집중포화를 맞아야 했다.

"너 진짜, 네가 무슨 연예인이냐? 보안 관리 좀 똑바로 안 할래?"

아니, 내가 어디서 누구를 만날지 어떻게 알고 미리 관리한단 말인가! 억울하기도 했지만, 반가운 마음에 소리치며 아는 체했던 지인들은 오히려 내가 그들을 현장에서 아는 척하거나 반겨주지 않았다며, 서운한 볼멘소리를 전하기도 했다. 이 또한 최초의 여성 경호관이 경호실에 가져온 웃지 못할 해프닝이었다.

이쯤 되니 기관뿐 아니라 행사 때 내 존재를 인지한 각 기업으로부터의 스카우트 제의도 연달아 들어왔는데, 한번은 선배가 말했다.

"○○기업 인사담당자가 너 데려갈 수 있냐고 전화가 왔다. 그래서 내가 '우리 이 경호관은 몇백억을 줘도 안 간다!'고 말도 안 되는 소리 말라고 했지. 잘했지?"

"아니, 선배님! 몇백억이면 저한테 말씀하셨어야지요. 왜 선배님 마음대로 거절하십니까?"

농담으로 장난을 주고받기도 했다. 이런 제의는 그때 당시 여성 경호관이 없었던 해외 경호 기관으로부터도 받았다. 나는 이런 기회를 향후 지속적으로 우리 경호관들이 파견되어 경호 요원들을 가르치며 연수도 받을 수 있는 교관직으로 만들기도 했다. 현재도 UAE 경호사령부에 우리 경호 요원들이 파견되어 해당 임무를 수행 중인데, 여기에는

특별한 에피소드가 있다. 다음 장에서 자세히 이야기하기로
한다.

　몇백억이면 갈 수도 있다고 장난처럼 이야기했지만, 진
심으로 그 누가 스카우트를 해오던 경호실을 나갈 생각은
추호도 없었다. 경호관(官)은 말 그대로 경호 공무원이다.
특정직으로 선발되어 대통령의 임기나 정권의 변화와 무관
하게 정년까지 임무를 수행하는 공무원이다. 이 말은 곧 돈
이나 사익, 개인적인 가치관으로 일하는 게 아닌, 나라를 위

2006년 '아베 신조' 일본 총리 방한

해 헌신하고 봉사하는 직이라는 말이다.

'경호관은 태어나는 것이 아니라 만들어지는 것이고, 살아서가 아니라 죽어서 그 가치를 인정받는다'라는 말이 있다. 처음부터 경호관이 되고자 목표를 삼고 준비했던 것은 아니지만, 오랜 기간 훈련을 받고 임무를 수행하면서 나는 언제든 나라를 위해 내 몸을 던지고 목숨을 바칠 수 있는 경호관이 되었다. 주말도, 가족, 친구의 경조사도, 개인 생활도 모두 포기하고 1년의 반이 넘는 시간을 집이 아닌 해외나 지방 출장지에서 보내야 하고, 아침부터 밤까지 한순간도 긴장을 놓지 않고 끝없이 공부하고 체력을 단련하며 스스로를 몰아가야 하지만 나는 어떤 순간에도 내가 하는 일을 '급여'나 '복지'와 같은 기준과 비교해 가치를 매기지 않았다.

경호관을 그만두고 배우가 되고 나서 사람들로부터 제일 많이 받은 질문이다.

"어느 대통령이 가장 좋았어요? 정권 바뀌면 경호관도 싹 다 잘리는 거 아니에요? 일본 정상은 왜 경호했어요? 매국노야, 친일파야?"

경호관은 끝없이 죽는 훈련을 한다. 큰소리가 나면 그 소리와 반대되는 방향으로 움츠러드는 게 인간의 본능인데, 그 본능을 이기고 소리가 나는 방향으로 체위를 확장하며 내 뒤를 보호하는 훈련을 한다. 위험한 물체가 날아오면 내 몸을 던져 덮고 막아내서 나로 인해 주변의 희생을 최소화하고 안전하게 하는 게 존재의 목적이다. 흔히 생각하는 검은 선글라스, 정장에 총 쏘고 싸움 잘하는 게 겉으로 보이는 이미지라면, 그 반대에 경호관의 존재와 이유와 가치가 있다.

경호관이 대신해서 죽는 것은 하나의 사람이 아니다. VIP로 대변되는 경호관의 경호 대상, '대통령' 또는 '국빈'은 하나의 인간이 아닌, 그 나라와 국민을 대표하는 국가기관이고 행정수반이다. 그렇기에 개인적인 생각이나 가치보다는 명예와 자긍심, 국가관 하나로 그 모든 훈련과 바쁜 나날을 보람있게 나아가는 것이다.

사람들은 이러한 사명감에도 의문을 품는다.

"뜬구름 잡고 있네. 요즘 세상에 희생과 헌신, 명예, 자긍심으로 일하는 사람이 있다고?"

있다. 내 훈육관님은 언제나 신입 경호관들에게 말씀하셨다.

"언제 어디서든 있던 자리를 깨끗이 정리하고, 몸가짐과 옷차림을 정결히 해라. 그게 네가 누군가에게 보여질 마지막 모습이 될 수 있음을 명심해라."

나는 지금도 그 말을 지킨다. 경호관이 아닌 지금도 주변을 지나다 어떤 위험한 상황이 발생하면, 언제든 몸을 던져 다른 사람을 구할 각오가 되어 있다. 신임 직원 때는 현충원에 묻힌 선배들에게 참배하며, 비어있는 옆자리가 내 자리가 되길 진심으로 바랐다. 도무지 이해할 수 없다고? 그럴 수 있다. 하지만 그렇기에 경호관은 언제 어디서든 목숨을 버릴 각오로, 맡은 임무를 충실히 수행하고 있는 사람들이다.

06

거기,
커피 한 잔 줄래?

이런저런 우여곡절과 연마의 시간을 지나 후배들도 많아지게 되면서 나름대로 직장생활의 여유도 누리는 연차가 되었다. 가령, 점심시간에는 꽃사슴과 담소를 나누었다. 황당한 얘기처럼 들리겠지만 행사가 없을 때면 점심을 먹고 소화도 시킬 겸 광활한 청와대 경내를 쭉 걸었다. 청와대 경내는 그저 보이는 건물뿐 아니라 그 안에 문화재, 온실, 기마로 등 숨겨진 것들이 많고, 그 부지가 굉장히 넓다. 계절이 바뀔 때마다 늘 새롭고 아름다웠다.

어디나 그렇듯 그곳에서 오래 생활한 사람만이 아는 소위 '짱 박힐' 구석은 있기 마련이다. 내가 가장 좋아하는 곳

청와대에 방목해 키우던 꽃사슴, '유인촌' 당시 문화체육관광부 장관과
청와대 본관 앞에서 먹이를 주고 있다.

은 녹지원 왼편을 돌아 수궁터로 향하는 오솔길에 위치한
작은 연못이었다. 그 앞 벤치에 앉아 연못에서 퐁퐁, 고개를
내미는 알록달록한 비단잉어들에게 한 줌 먹이를 주고, 매
점에서 산 붕어 모양의 아이스크림을 먹으며 책을 읽는 짧
은 시간은, 고즈넉한 숲속으로 소풍을 나온 듯 한적하고 여
유로운 즐거움이었다.

마침 그 당시 청와대 경내에서 꽃사슴을 풀어놓고 키웠는데, 아기였던 꽃사슴들이 궁금한 듯 기웃거리며 동화 같은 풍경을 연출하기도 했다. 2008년 암사슴 두 마리와 수사슴 한 마리였던, 디즈니 동화에 나오는 밤비같이 귀여웠던 이 아기 사슴들은 후에 엄청난 번식력을 자랑하며 26마리로 늘어났다. 경내 곳곳에 꽃들을 먹어 치우다가 결국 2013년 서울대공원으로 보내졌고, 그때쯤 나 역시 경호실을 떠났다.

어릴 때 피아노를 오래 쳤던 나는 지금도 웬만한 곡은 악보가 없이도 들으면 연주할 수 있을 정도의 실력은 된다. 마침 경호실 강당에 피아노가 있어서 가끔 사람이 없을 때면 쿵쾅대며 혼자만의 연주도 했다. 당시 내가 살던 작은 관사에 피아노가 있을 리 만무했기에 어린 시절 이후 오랜만에 피아노를 마주한 나는 반가운 마음에 시간이 날 때마다 가서 연주를 했고, 심심한 마음에 참가한 전 부처 공무원 음악대전에서 금상을 수상하기도 했다.

이런 취미가 소문이 나 어느 날 타 부서의 한참 선배가 나를 불렀다.

"피아노 좀 친다고? 이거 좀 쳐봐라."

피아노가 아닌 키보드가 놓인 사무실에서 내가 연주한

곡은 조용필의 〈여행을 떠나요〉였다. 기타 두 대와 드럼으로 소소히 취미생활을 해오던 선배들이 마침내 키보드 포지션을 찾았다며, 나를 영입했고 그렇게 경호실 밴드가 결성됐다. 한동안 또 그렇게 옛날 가요들을 주야장천 연주하며 '지기지기 쟈가쟈가' 밴드 활동을 했다.

안에서야 그렇게 소소한 재미도 찾는 직장인이었지만, 밖에 나가면 나는 언제나 주목받는 대한민국 최초의 여성 경호관이었다. 자연히 경호실을 위시한 수많은 국가기관이 북적북적한 경호 현장에 모습을 나타낸 최초의 여성 경호관에게 쏟아지는 관심은 매우 컸다.

각 군사관학교와 경찰대, 국정원 등 마지막 금녀(禁女)의 벽을 허물고 선발되어 비로소 현장에서 마주한 여성 경호관에 대한 관심은 지대할 수밖에 없었다.

경호실의 작전통제를 받으며, 함께 임무를 수행해야 하는 관계기관 담당자들에게 여성 경호관의 존재는 생소하고 낯설게 느껴졌을 것이다. 한번은 지방에서 열리는 행사에 동원되어 경호관계관회의(말 그대로, 해당 경호 행사에 관계된 기관 간의 사전 점검 회의를 말한다)에 참석한 일이 있다. (이 글에 등장하는 모든 행사나 시간, 장소, 행사의 이름, 인물의 이름은 모두 사실에 기반하지만, '보안상의 이유'로 되도록 구체적인 언급은 하지 않는다.) 회의는 해당 행사가 치러질 지역의 경찰서에서 진행되었다. 평소와 다름없이 미리 도착해 사부작사부작 경찰서 내부를 돌아보던 내게 누군가 말을 걸었다.

"거기, 커피 한 잔 줄래?"

해당 경찰서의 경찰서장이었다. 서장 역시 대통령이 참석하는 대규모 행사를 앞두고 사전 브리핑 준비를 위해 미리 회의실에 도착해 발표를 위한 예행연습을 하고 있었다. 아무 생각 없이 회의시간 전부터 회의실을 배회하던 나를,

국제행사를 함께한 군인, 경찰 팀원들

아마 직급이 낮은 부하 여자 경찰이라고 생각했던 모양이다. 아무렴 어떤가? 나는 별말 없이 내 녹차를 타며 커피믹스를 한 잔 타서 서장에게 가져다주었다.

시간이 되자 관계관 회의가 시작되었고, 참석자들이 호명되면 각자 자리에서 일어나 본인 소개를 했다.

"안녕하십니까? 경호실 ○○ 담당, 이수련 경호관입니다."

사색이 된 얼굴로 어쩔 줄 몰라 나를 쳐다보던 경찰서장의 표정이 눈에 선하다. 그저 씩, 웃어주었을 뿐.

이렇게 각종 대규모 행사에 경호 담당으로 출동하는 나는 상대적으로 어린 나이와 여성이라는 생소함 때문에, 현장에서 잔뼈가 굵어 온 군인이나 경찰 등 현장 요원들에게 받아들여지기엔 시간이 필요했다. 대통령이 참석하는 행사의 경우, 법률상 경호실에서 각 유관기관을 지휘통제 하기 마련인데, 이에 책임기관에서 '지휘책임자'로 보내진 경호관이 나이도 어려 보이는 데다 여자라 군 경험도 없을 것 같고 당연히 경력도 자신들보다 짧을 테니 껄끄러웠을 것이다. 나 스스로 실력으로 인정받기 전까지는 주변 사람 눈에 거슬리고 불편할 수도 있다는 걸 이해한다.

국격이 상승함에 따라 점차 우리나라에서도 여러 대규모 국제회의를 주관하고 유치하기 시작할 무렵이었다. 내가 맡았던 최초의 국제회의는 2005년 부산에서 개최된 APEC 정상회의였다. 당시 방한하는 한 국가의 부팀장으로 선발되었다. 20여 개국의 해외 정상(회원국뿐 아니라, 국제기구의 수장들 포함)이 한국을 방문하는 행사인 만큼 많은 경호 인력이 소요되기에, 하나의 팀마다 경호관을 위시하여 유관기관에서 파견된 인원들이 한 팀을 이뤄야 하는 게 필수였다.

다양한 기관에서 차출되어 우리 팀에 배정된 20여 명 유관기관의 인력들 역시 나보다 나이며 경력 면에서 한참 많은 사람들이었다. 적게는 10년에서 20년에 달하는 경력을 갖춘 군, 경 요원들은 임무에 따라 성실히 지휘를 따랐고 훈련을 수행했다. 하지만 짬짬이 쉬는 시간, 담배를 피우거나 커피를 마시고 담소를 나눌 때면 나는 늘 혼자였다. 숙소까지 같이 쓰며 친해진 그들 사이에 스스럼없이 스며들기에는 시간이 필요했다.

내가 더 움직이기로 했다. 훈련이든 답사든 정해진 일과가 끝나면 팀원들에게 칼같이 휴식 시간을 보장했다. 그리고 내가 더 많이 뛰었다. 행사가 개최되는 이 지역에 대해 누구보다 잘 파악해서 꼭 필요한 대비책을 세워 훈련하기 위해 남들이 굳이 가보지 않을 곳까지 더 많이 걷고, 더 많이 발로 뛰고, 더 많이 답사하고 다니며, 팀원들이 굳이 하지 않아도 될 일을 줄여 나갔다.

"팀장님 왜 안 쉬십니까? 발 뻗고 쉬는 사람 눈치 보이게."

"아이고, 별말씀을요! 제가 좀 느려서 남들보다 더 다녀 봐야 합니다. 저 먼저 한 바퀴 돌고 와서 빡세게 훈련할 테니 쉬면서 체력들 아껴 놓으세요."

나도, 팀원들도 모두 나라를 위해 같은 일을 하는 사람들이고, 큰 국가행사를 안전하게 성공적으로 치러내기 위한 마음으로 차출된 요원들이었다. 스스로가 가진 부족함을 인정하고 일부러 더 부지런히 움직이고 너스레를 떨며 애쓰는 팀장에게 팀원들은 더 큰 신뢰와 성실함으로 보답해 주었다. 수십 개국의 정상들이 방한하는 대규모 국제행사는 큰 행사인 만큼 기간도 긴 싸움이다. 한 달 남짓한 기간을 추위와 피로를 이겨가며 밤을 새워 합숙하고 훈련한 팀원들은 지금까지도 서로 간의 보직 이동이나 개인 경조사를 챙기고 있다. 그리고 계절마다 안부를 묻는 끈끈한 가족이 되었다. (내가 배우가 되고 나서 드라마에 등장한 첫 순간을 캡처해서 보내준 이도 이때 나의 팀원으로 행사를 함께한 최고참 연배의 경위님이었는데, 이제는 퇴직하셔서 가끔 손주 자랑을 전해 온다.)

APEC 정상회의를 시작으로 ASEM, G20, 핵 안보 정상회의에 이르기까지 경호관으로서 접한 국제회의들은 역사적인 순간 한 가운데 있었다는 그 자체로 의미가 있었다. 뿐만 아니라 각기 다른 경험과 연륜을 가진, 어쩌면 살면서 한번도 어울릴 일이 없을지도 모르는 연배와 소속의 사람들을 하나로 아우를 수 있다는 공감의 리더십을 길러준 선물 같은 경험이었다.

07

당신은
닌자입니까?

"Are you a ninja master? Do you have any secret weapon like a dagger?

[당신은 닌자(忍者 : 일본 전통무술 수련자)입니까? 표창과 같은 비밀무기를 가지고 있나요?]

2005년, 미국의 '콘돌리자 라이스' 국무장관 방한 당시 경호를 담당한 미국 경호대의 팀장은 라이스 국무장관을 가장 가까이에서 수행할 담당 경호관으로 나를 소개받자, 당황한 얼굴로 곧장 자신의 팀원들과 소리를 낮춰 뭔가를 논의하고 돌아와 진지한 얼굴로 나에게 물었다.

비상 상황에서는 몸에 걸친 방탄 코트를 펼쳐 VIP를 보호하는 인간 방벽을 위해서라는 말이 있을 정도로 2m에 가까운 장신에 엄청난 체구를 가진 그들이 보기에 170cm나 될까 싶은 키에 호리호리한 체형의 내가 자신들의 VIP를 경호할 담당자라니, 믿을 수가 없었나 보다. 내가 아무래도 지붕을 날아다닌다거나 분신술을 쓰고, 독침을 날리는 영화에 나올법한 숨은 비기를 가진 게 아닌지 친해질 때까지 내내 비슷한 질문을 해왔다.

"자, 이제 너의 숨은 능력을 보여줘. 집에 갈 때는 날아서 간다는 게 사실이야?"

미국 경호팀은 이후에도 지속적으로 한국을 찾을 때마다 나를 만나며 체계적이고 완벽한 경호 시스템과 대응능력에 깊은 인상을 받고 미국에서 같이 훈련하자며, 더욱 돈독해졌다. 하지만 경호관이라면 건장한 체구에 누가 봐도 압도적인 체구를 자랑해야 할 거라는 외국 경호팀의 호기심 어린 시선은 한동안 계속 되었다.

나는 외적으로 누가 봐도 '저 사람한테 덤비면 뼈도 못 추리겠다!' 싶은 강인한 인상을 주지는 않았지만, 반대로 이 점이 오히려 경호 대상의 가장 가까운 곳에서 여러 가지 임무를 수행하는 데 긍정적으로 작용한 데다 영어를 잘한다는 특기까지 더해지면서 해외에서 방한하는 외국 정상들을 경호하는 임무를 주로 맡았다. 이를 통해 미국, 중국, 일본을 비롯해 각국의 정상들을 가장 가까운 곳에서 수행하며 해외 경호 기관과 함께 일하는 기회가 많았다.

대한민국 역시 1989년 경찰대학, 1997년 공군사관학교를 시작으로 1998년 육군사관학교, 1999년 해군사관학교에 이어 과거에는 금녀의 구역이던 곳들이 차례로 그 문을 개방하고, 마침내 2004년 대한민국 대통령 경호실도 공채로 여성 경호관을 선발하기 시작했다. 하지만 내가 대통령 경호실 최초의 여성 경호관이 되어 활동하던 때도 다른 많은 국가에서는 여전히 종교, 문화 등의 이유로 "여자가 경호라니?!" 하는 시선으로 나를 바라보는 곳이 많았다. 특히 여성의 사회활동이 제한된 중동국가들에서는 이러한 호기심이 더욱 클 수밖에 없었다.

임무상 최근접 경호관이었던 나는 VIP의 성별과 무관하게 극도로 한정된 인원만 함께할 수 있는 모든 공간, 이를테면 엘리베이터 내부, 차량 내 동승 등 어디든 필수적으로 함께했는데, 방한 기간 내내 이렇게 거의 매 순간과 공간을 함께하는 여성 경호관의 경호를 실질적으로 체험한 그들은 묵묵히 호기심 가득한 시선만 던지다가 출국할 때는 내 손을 잡고 자신을 안전하게 경호해 준 데 감사를 표하며 러브콜을 해 왔다.

"이렇게 필드에서 활동하는 여성 경호 요원을 만난 게 너무나 뜻밖의 경험이었고 감명 깊었다. 우리나라에도 당신과 같은 여성 경호 요원을 양성하고 싶으니 부디 교관 인력을 보내주기 바란다. 아니, 당신이 직접 오면 안 되겠는가?"

실제로 많은 나라로부터 이러한 요청을 받았는데, 2006년 '모하메드 빈 자이드 알 나흐얀(Mohammed bin Zayed Al Nahyan)' 왕세자 방한 시 처음으로 나를 만난 UAE 경호사령부에서 내게 교관으로 자국에 와서 여성 경호 요원을 양성해주기를 제안했다. 나는 이를 위해 여러 차례 아부다비에 오가며 양 기관 간의 양해각서(MOU)를 체결했고, 실제로 UAE에서 선발해 보내온 여성 경호 요원들을 위탁 받아 경호실에서 훈련을 받을 수 있도록 도왔다. 또한 대한민국 대통령 경호실의 경호 요원들을 지속적으로 UAE 경호사령부로 보내 자국의 경호 요원 양성을 돕는 교관직을 만들기도 했다.

"혹시 2006년에 요르단 총리를 근접에서 경호했던 여성

2006년 '마루푸 바키트' 요르단 총리 국빈 방한

경호관이 본인입니까? 대한민국 초대 요르단 대사가 한국
에 도착하자마자 당신을 찾고 있습니다."

　2010년의 어느 날 갑자기 외교부로부터 나를 찾는 연락
이 왔다.

　"요르단 대사가? 나를? 왜?"

　당황스럽기만 한 연락이었지만, 일국의 대사는 그 나라
를 대표하는 인물이기에 개인 차원에서 가볍게 판단할 수
있는 사안이 아니었다. 갑작스러운 데다 흔치 않은 연락에

경호실에서도 당황스럽긴 마찬가지였다. 혹시 모를 외교적 사안일 수도 있겠다 싶어 지휘라인으로 층층이 보고 후 요르단 대사관으로 향했다. 대사 비서에게 도착을 알리고 응접실에 앉아 발생할 수 있는 수많은 상황과 변수를 예측하며 시나리오를 짰다.

'내가 총리 방한 때 무슨 결례를 범했나? 그때 내가 모르는 어떤 실수가 있었나?'

우리 대통령의 행사는 물론이거니와 한 해에도 수많은 국빈을 담당하고, 해외 행사에 파견되기도 하는지라 4년 전 일이 기억에 날 리 없어 머리만 굴리던 그때였다.

"Surprise! It's me! Do you remember me?"

(짜잔! 놀랐지? 나야, 나! 나 기억해?)

2006년 '마루푸 바키트' 요르단 총리 방한 당시 수행했던 총리실 소속 대표단의 '오마르 알 나하르(Omar Al Nahar)'였다. 방한 기간 내내 탁월한 유머감각으로 친근히 다가왔던 그가 대한민국 초대(初代) 주한 요르단 대사가 되어 가장 먼저 나를 찾은 것이다.

"방한 기간 내내, 경호실과 당신이 보여준 전문성과 수준 높은 서비스에 잊지 못할 방한 경험을 할 수 있었어. 본국에 돌아간 후에도 계속 한국에 대해 생각하고 있던 와중

2010년 초대 대사가 되어 한국을 다시 찾은 '오마르 알 나하르' 요르단 대사와 재회

에 차기 보직으로 해외 주재 요르단 대사직을 맡게 됐는데, 다시 한번 한국을 방문해서 더 오랜 기간 깊이 알고 싶어서 내가 초대 주한 대사직을 자청했어. 한국을 찾게 되면 가장 먼저 좋은 친구가 되어준 너를 보고 싶었다."

감사한 마음이 이유였다. 대한민국 초대 주한 요르단 대사가 되어 한국을 다시 찾은 그는 2010년부터 무려 만 5년 남짓 장기간 주한대사로 활동하며 한국과 요르단의 교류 협

부임 기간 내내 우정을 유지한 '오마르 알 나하르' 주한 요르단 대사

력에 많은 노력을 기울였고, 2017년에는 그 노고를 인정받아 대한민국 수교훈장인 광화장을 받기도 했다.

그는 한국을 진심으로 애정했고, 웹툰에 등장한 것으로도 유명하다. 드라마로 잘 알려진 〈미생〉의 웹툰에서 종합상사의 직원인 주인공 '장그래'에게 수출 관련 조언을 하는 대사 역할로 등장하기도 했다. 이제는 다른 나라로 새로운 보직을 받아 떠났지만, 우리는 여전히 활발히 연락을 이어가는 막역한 사이로 지내고 있다.

외국 정상을 경호하며 생겼던 수많은 일 중 하나를 꼽자면, 단연 일생일대의 청혼을 받은 일이다. 배우가 된 후 이 일이 알려지며, 내가 아랍의 대부호인 '만수르'에게 청혼받았다는 기사가 나기도 했는데, 여기서 여과 없이 청혼 사건의 전말을 밝히고자 한다.

한국에 방한했던 중동의 한 국가에서 VIP를 수행한 공식 수행원 A가 있었다. (개인사임을 고려해 정확한 나라와 상대방의 이름은 밝히지 않는다.) 당시 20대 초반이던 나와 나이 차이도 얼마 나지 않았지만, 대부분의 중동 국가가 그러하듯 VIP 수행원 대부분이 왕족이었기에 A 역시 왕족이었다. 더군다나 VIP의 일정 전반을 담당하는 매우 높은 직급이었다. 근접수행을 담당했던 나는 당연히 A와 밀접하게 연락하며 소통해야 했는데, 비슷한 또래인 우리는 행사 기간 내내 매우 친해졌고, 나중에 각자의 나라를 사적으로 방문하게 되면 꼭 연락해서 서로의 국가를 소개해 주자고 약속하며 우호를 다졌다. 짧게는 며칠, 다자 간 행사의 경우 몇 주에 이르기까지 임무를 함께하다 보면 각국의 업무 파트너와 친분이 두터워지기 마련이다. 이러한 대화는 특별하지 않으면서도 오랜 인연으로 이어지는 계기가 된다. 실제로 가족을 데리고 개인적으로 한국을 다시 찾은 외국의 경호 요원들은 열이면 열 연락해 와서 함께 서울 투어를 하기도 했고, 뒤에서 다루겠지만 나 역시 회사를 그만두고 세계 각국을 배낭 여행 했을 때, 그 나라의 경호 요원들과 뜻밖의 재회를 하며 추억을 쌓기도 했다.

행사 기간이 끝나고 본대는 자국으로 돌아갔고, 나 역시 다른 행사에 투입되어 정신없는 나날을 보내고 있었다. 어느 날 갑자기 A로부터 연락이 왔다. 현지 발신 국제전화로 연락이 왔는데 처음에는 시차를 고려해 한국의 일상 시간대에 전화가 왔지만, 차츰 한밤중이나 새벽에 연락이 왔다. 본국에 돌아가고 난 후에도 도무지 나를 잊을 수 없어 미래를 함께하고 싶다고 했다. 1주일 만에? 처음에는 친분을 유지하기 위한 너스레 섞인 장난이겠거니, 받아넘기다 매일 같은 내용의 전화가 이어지면서 진짜인가 싶어 대처 방안을 고민하게 됐다.

만남의 계기가 국가 간 행사였고 나의 직책이나 그의 지위를 생각할 때 자칫 외교적 결례가 될 수도 있다는 생각에 함부로 연락을 받지 않거나 단호히 거절할 수도 없었다. 왜 무조건 거절할 생각이었는가 하면, 나는 그와의 운명적인 만남을 낭만으로 받아들이기에 지나치게 현실적이었고, 다른 무엇보다 그는 이미 결혼한 부인이 있는 상태였다. 방한 시 친해지게 되자, 자기 아내와 아이 사진까지 보여주며 자신이 얼마나 가정적이고 로맨틱한 사람인지 어필했던 A는 내게 두 번째 부인이 되어 달라고 청혼했던 것이다. 지금은 없어지는 추세라지만, 그가 속한 문화권에서는 법적으로 네 명까지 부인을 둘 수 있었기 때문에 그로서는 내게 그의 부인이 될 수 있는 행운(?)의 기회를 제공하고자 한 셈이었다.

시간이 약이라고, 내가 두루뭉술한 일상 대화로 응대하자 그 역시 밤낮없던 열정이 사그라지면서 자연스럽게 청혼 사건은 일단락되는 듯했는데, A와 나의 특별한 인연은 거기서 끝이 아니었다.

한 번은 경호실 선배들이 그 나라에서 개최되는 무기박람회에 방문하게 되었다. 해당 분야의 '실세'였던 A에게 해당 행사의 참가 소식을 알리며, 우리 대표단을 잘 부탁한다는 연락을 보냈다. 박람회 종료 후. 사무실로 복귀한 선배 중 한 분이 내 손을 꽉 잡으며 말했다.

"이 경호관, 내가 널 진심으로 친동생처럼 생각해서 하는 말인데, 두 번째든 세 번째든, 네 번째면 또 어떠니? 가라! 넓은 세상으로! 우리가 공항에 내리는 순간 그 친구가 공항에서 우리를 맞이하는데 그 자리에 있던 수많은 사람이 이마를 땅에 대고 절하며 '내가 살면서 한 번이나 볼 법한 귀하신 분이 오셨다!'고 인사하더라. 우리가 머무는 동안 어찌나 융숭하게 대접했는지 VIP가 된 기분이었다. 여기서 이렇게 밤낮없이 출장 다니고 장비 박스 들면서 고생하지 말고, 모든 걸 훌훌 버리고 시집가서 한국에 있는 이 선배에게 주유소나 하나 내 주렴."

진심 반, 농담 반이었겠지만 이 일화가 유명해지면서 외교부에서도 해당 국가의 보안 기관과 협력할 사안이 있으면 내게 연락을 해오기도 했다.

그와는 2012년 다시 한번 만날 기회가 있었는데, 해당국으로 출장을 간 소식을 접하고 내가 머무는 숙소로 찾아온 A는 엄청난 슈퍼카를 탄 친구들을 대동하고 나에게 다시 한 번 청혼을 해 왔다. 이번에는 네 번째 부인으로 와 달라고. 시간이 많이 지났으니 이제는 더 이상 청혼할 빈자리가 남아 있지 않겠지만, 지금도 그와 나는 가끔 이메일을 주고받으며 연락을 유지하고 있다.

이런 모든 경험을 다른 어디서 얻을 수 있었을까? 나는 분명히 나의 20대를 쉽게 접할 수 없는 사람들과 가까운 곳에서 전 세계를 누비고, 생각지 못했던 것들을 배우며 보냈다. 연이은 밤샘 근무에 밟은 땅이라고는 공항, 국회의사

2007년 방한했던 노르웨이 '호콘' 왕세자의 부인 '메테마리트' 왕세자비가 본국으로 돌아가서 한국으로 보낸 기념선물과 엽서

당, 관저, 대사관이 대부분이었지만 세계 수십여 개국의 대통령 해외순방을 수행했고, 해외에서 방문하는 수많은 정상들을 지척에서 경호하며 많은 것들을 느끼고 배울 수 있었다. 20대 젊은 나이에 다른 어디서도 배울 수 없는 엄청난 기회이고 경험이었다.

내가 계속 경호를 맡았던 몇몇 해외 정상들의 경우, 한국에 올 때마다 나를 기억하고 공항에서 먼저 인사를 건네고 본국으로 돌아가 직접 쓴 감사 편지와 선물을 보내주기도 했다. 미국의 '콘돌리자 라이스' 국무장관, 일본의 '아베 신조' 총리, 노르웨이의 '호콘' 왕세자비, 필리핀의 '글로리아 마카파갈 아로요' 대통령, 캄보디아 '훈센' 총리 등 일일이 기억을 되살리기에는 혹여나 서운하게도 빠뜨린 국빈이 있을까 싶을 정도로 많다.

"한국 사람이면서 그런 나라는 뭐하러 경호해요? 친일파예요? 매국노예요?"

각 나라와 우리나라 사이에 역사적·국제적·문화적 사안들을 염두에 두고 이렇게 말하는 사람들도 있지만, 경호관은 그저 한국을 찾은 상대 국가 수반의 안전을 지키는, 맡은 임무를 충실하고 완벽하게 해내는 것이 목적일 뿐 어떤 사견도 개입하지 않는다. 10년의 경호관 생활을 마치고 경호실을 떠난 지도 10년이 되어가는 시점에서 이런 예전 기억을 다시금 떠올리게 하는 사건이 생겼다.

"들었어? 아베 좀 전에 죽었대."

"진짜? 말도 안 돼! 대박 사건!"

한창 드라마 촬영장에서 슛을 기다리고 있는데, 스태프들이 웅성대는 소리가 들렸다. 2022년 7월, 일본 참의원 통상선거를 앞두고 후보 지원 유세를 하던 아베 신조 전 일본 총리가 총기를 이용한 피습에 암살당했다. 이웃 국가의 잘 알려진 정치인이 사망했다는 속보에 너도나도 한마디씩 하며 술렁였지만, 잠시였을 뿐 촬영장은 다시 눈앞의 대본과 현장 스케줄에 맞춰 그 사실은 금세 잊혔다. 나만 조용히 예전 기억을 되새겨보았다.

나는 2006년을 시작으로 여러 차례 당시 총리였던 그가 한국을 찾을 때마다 경호했다. 어찌 보면 반대 여론과 시각이 더욱 산재했을지 모를 장소이고 상황이었지만, 나는 일본의 정상이 방한해 있는 동안 무탈하고 안전하게 업무를 마치고 귀국할 수 있도록 최선을 다했던 기억이 생생하다. 그런 그가 본인의 나라에서 피습을 받아 암살되었다니. 전직 경호관이자 해당 분야를 전공한 국제 안보학 석사로서, 이러한 사건이 있을 때마다 많은 언론사와 관련 학회로부터 해당 사건에 대한 의견을 물어오는 인터뷰 요청이 많은데 이번 사건에 대해서는 의견을 전하지 않았다. 지나고 난 후 내 눈에 보이는 것들이 무슨 의미가 있겠는가. 이제는 더 이상 경호관이 아니지만, 내가 경호했던 수많은 요인들이 어디서든 무탈하고 안전하게 각자의 소임을 다할 수 있기를 바라며, 짧은 감상을 뒤로 하고, 나 역시 배우로서 눈앞의 촬영에 집중하기를 택했다.

08

사표를 낼
결심

"경호실을 왜 그만두신 거예요? 무슨 계기가 있었나요?"

모르겠다. 정말 아무런 특별한 계기 없이 세상이 달라졌다. 사람 바뀌는 건 한순간이라고, 세상을 보는 나의 시각이 한순간에 달라진 것일까? 어쩌면 어느 날 갑자기가 아니라, 그저 못 본 척 밀쳐두었던 생각들이 쌓이고 밟히다 못해 마침내 비집고 나와 불쑥 고개를 내민 것인지도 모르겠다.

여느 때와 다름없이 근무를 서던 중, 뻣뻣하게 뭉친 어깨를 스트레칭하고자 좌우로 목을 돌렸다. 이미 몇 기수나 차곡차곡 쌓인 후배들을 비롯해 한두 기수 위의 선배들 그리고 과장님, 부장님이 고개 한 바퀴에 눈에 들어왔다. 단출

하지만, 그렇기 때문에 더 가족 같고 유대감 깊은 나의 동료들. 그렇게 나는 고개 한 바퀴에 내 1, 2년 후부터 20년 후 미래의 내 모습까지 한눈에 볼 수 있었다.

'5년 후, 나의 10년 후, 나의 20년 후. 나는 저런 모습으로 이곳에 있겠구나!'

그 모습은 나쁘지도, 보기 싫지도 않았다. 오히려 뿌듯하고 안정적이고 든든했다. 그런데 다른 한 편으로 이상하게도 공허함과 허무함이 밀려왔다. 20년 후 내가 어떤 모습으로 무슨 일을 하고 있을지 너무도 빤하게 예측할 수 있었다.

지금도 경호관을 그만둔 나의 선택을 두고 사람들의 시각은 분분하다. 어떤 이들은 "원래 공무원의 장점이 안정적이라는 거지. 배가 불렀네! 그럴 거면 어려운 자리 뭐 하러 고생해서 들어가서 그 자리까지 올라갔냐?"라고 하는 이들도 있고, 한 편으로는 "나도 늘 정해진 일상을 반복적으로 답습하는 매일에 숨 막히는 정체감을 느껴봤다"라며 공감하는 이들도 있었다. 연령대, 성별, 직업군 등 특별한 기준 없이 반응은 천차만별이다. 누구도 백 퍼센트 옳고 그르다고 자신할 수 없는, 각자의 삶에서 가장 중요시하는 가치가 무엇인지에 따라 다를 수밖에 없는 반응일 것이다.

한 번 그런 생각이 들자 멈출 수 없었다. 생각이 커 나가기 시작했다. 어찌 보면 정말 태어나서 처음으로 내가 진짜 하고 싶은 일이 뭔지, 원하는 게 뭔지 나에게 오롯이 집중한 순간인 것 같다. 때때로 누가 내 나이를 물어보면 종종 대답을 망설이게 되는데, 많고 적음의 숫자를 떠나 내가 정말 내 의지대로 살아온 게 몇 살부터인지 싶어서다. 내 뜻대로 내 마음의 소리에 집중해서 내 인생을 살아본 게 20년이 채 안된 것 같다.

내가 밥벌이를 하지 않고 그저 어른들이 시키는 대로 아침에 등짝 스매싱을 받으며 일어나 학교에 가고, 선생님들의 주입식 교육에 뇌를 움직이며, 저녁에는 쏟아지는 수면 욕구를 억지로 누르며 책상 앞에 앉아있던 학창 시절, 딱히 뭐가 되고 싶은지도, 뭘 좋아하는지도 모른 채 남들이 시키는 대로 본인의 의지와는 무관하게 '살아진' 인생이었는지 모른다. 정작 말 그대로 스스로 주체가 되어 계획하고 행동하고 책임지며 산 인생이 아닌 나는 이제 막 20대 초반처럼 느껴졌다.

그렇게 어느 순간 지금 내가 살고 있는 모습이 마음에 드는지, 앞으로 전개될 인생이 내 마음에 만족스러운지 처음으로 진지하게 고민하게 됐다. 꼬리를 물기 시작한 생각은 쉽게 수그러들지 않았다. 일상에 변화의 조짐이 없으니 사라질 리 없었다.

'진짜로 하고 싶은 일이 뭐지? 지금 하고 있는 일을 남은 평생 해도 될 만큼 좋아해? 다른 일을 해보지 않아도 아쉬움이 없어? 내 인생이 뻗어나갈 최고의 정점은 어디야? 그 미래의 모습이 마음에 들어? 혹시 살면서 경험해볼 수 없는 것들이 아쉽거나 아깝지는 않아? 나중에 시도조차 꿈꾸지 못 할 나이가 되었을 때 후회하지 않겠어?'

나는 경호실에 입사해 경호관으로서 사는 하루하루가 너무나 설레고 즐거웠다. 진지하게 내가 하고픈 일과 미래에 대해 고민하기 시작한 그 순간에도 그랬다. 세상 어디에도 없는 경험을 공유하며, 위험을 함께하고 서로를 가족 이상으로 의지하고 신뢰하는 동료들도 좋았다. 처우나 조건도 불만을 가질 만한 것이 아니었다. 그런데 문제는, 그 모든 것들이 보장하는 나의 미래가 너무나 안정적이고 예측 가능한 것이어서, 더 이상 아무런 미래에의 두근거림이나 설렘이 느껴지지 않는 것이었다.

어릴 때에는 "나는 커서 ○○가 될 거야"와 같은 막연하고 두근거리는 장래 희망이 있기에, 예측 불가능한 미래가 있기에, 설레고 꿈꾸며 현재를 견뎌 내지 않았던가? 현실에서 지루한 시험공부, 하기 싫은 일을 참아 내고 견디게 만드는 건 내게 찾아올 알 수 없는 내일에 대한 희망 때문이었다. 이제 달라질 것이 없는 미래는 너무나 답답하고 숨 막히게 느껴졌다. 아무리 노력해도 더 이상 달라질 것이 없는 예측 가능한 미래가 내 앞에 놓여 있었다.

하루아침에 출근길이 달라졌다. 아침 운동을 마치고 출근 전 마주한 파란 기와지붕에 그토록 반짝이던 햇살은 자취를 감췄고, 오늘 무슨 행사가 있을지 설레던 마음은 빤하게 치부되었다. 한 주간의 행사 일정을 보며 시간을 쪼개 소소한 일상을 조율하는 재미도 시들해졌다. 더 이상 새로울 것이 없는 경호관에게 그런 하루하루가 흘러갔다.

당직 근무를 서던 어느 날 밤이었다. 간간히 들려오는 풀벌레 소리를 들으며 CCTV를 지켜보고 있었다. 평소와 다름없는 근무를 서고, 함께 당직을 서는 동료 경호관과 임무교대를 마치고 잠깐 책상 앞에 앉은 타이밍에 나는 날짜가 지난 달력을 한 장 뜯어 텅 빈 뒷면을 펼쳐 반으로 접었다. 접은 면 왼쪽에는 '회사를 그만두면 안 되는 이유', 오른쪽은 '회사를 그만둬야 하는 이유'를 써내려가기 시작했다.

왼쪽은 순식간에 백 개에 달하는 항목이 채워져 내려갔다.

1. 안정적이고 명예로운 직장이다.
2. 함께 일하는 동료들이 너무나 좋은 사람들이다.
3. 부모님과 가족뿐 아니라 주변 사람들이 나를 자랑스
   러워한다.
4. 내가 하는 일은 나를 자랑스럽고 뿌듯하게 한다.
5. …… 100.

오른쪽 면은 도무지 채울 내용이 없었다. 휴식 시간이 끝날 때까지 한 개도 쓰지 못하고 한참을 망설이던 내가 마침내 용기를 내 쓴 이유는 단 하나.

"죽기 전에 후회하고 싶지 않다."

이미 오랜 시간 열정을 다해서 진심으로 사랑한 경호관으로서의 일을 해 본 지금, 다시 내 가슴을 뛰고 설레게 하는 일을 찾아 그 호기심과 도전의 열정을 태워 버리지 않는다면 나는 쉰이 되어도, 일흔이 되어도, 아니 죽기 직전 눈을 감는 순간에도 후회할 것 같았다.

'그때 조금만 더 용기를 내볼걸. 그때 딱 한 번만 내 모든 걸 알 수 없는 미래를 위해 던져볼걸.'

난 그런 사람이니까. 그리고 그 이유 하나로 충분했다. 나는 지금 행복하지 않아서가 아니라, 경험해 보지 못한 곳에서 이룰 수 있을지 모를 다른 미래로 나를 그려 나가고 싶었다.

다음 날, 나는 사직서를 제출했다. 사직서는 특별하지 않았다. 별다른 개인 감정이나 이유도 없거니와 진심을 그대로 담아 나를 성장시켜 준 경호실에 감사했고, 또 다른 미래를 위해 도전하고 싶다는 사유였다. 회사는 한 차례 술렁였다. 정년이 보장된 공무원으로서, 한창 젊은 나이에 제발로 사직서를 내고 경호실을 그만두는 경우는 거의 전무했기 때문이다. 거기다 나는 최초의 공채 여성 경호관이었다.

"뭐 힘든 일 있었니? 누가 속상하게 하거나 괴롭힌 사람 있어?"

"회사에 불만이 있으면 말해 봐. 아니, 다들 그렇게 사는 거야. 회사가 마냥 좋아서 다니는 사람이 어디 있겠어?"

"너 지금 스무 살인 줄 알아? 지금 너 30대야! 정신 차려! 밖에 나가면 어디 취업하는 게 쉬울 것 같아?"

"너 괜한 객기 부리다 후회한다. 여기만큼 명예롭고 좋은 직장이 어디 있을 것 같니?"

나를 걱정해 주는 수많은 조언들을 뒤로하고 사직하겠다는 결심은 변함이 없었다. 물론 안다. 직장인들의 마음을 잡고 흔드는 현실적 고민들을 나 역시 수만 번 했다.

하지만 무엇보다 내게 마음의 짐이 됐던 건, 여자 후배 경호관들의 만류였다.

"선배님! 안 됩니다. 선배님이 1호 여자 경호관인데 어딜 떠나신다는 겁니까? 무책임하신 거 아닙니까? 우리에게 멋진 본보기가 되어 주셔야죠."

매일 같이 관사로 찾아와 문을 두드리고, 사직서를 무를 때까지 찾아오겠다는 여자 후배들은 밤새도록 우리 집에 앉아 속 이야기를 풀어놓고 새벽에야 돌아갔다. 사직서가 수리되기까지 매일 아침 현관문을 엶과 동시에 후배들이 밤새 끼워놓고 간 손 편지가 무수하게 바닥에 흩어졌다. 사실 다른 무엇보다 여자 경호관 후배들에게는 미안함이 컸다. 모든 '1호'라는 타이틀에는 그만큼의 책임과 의무가 따른다. 나는 어쩌면 내 개인적인 욕심보다 1호 여자 경호관으로서 경호실에 남아 끝까지 성장하는 모습을 보이는 게 옳았을지도 모른다. 당시 밤마다 집을 찾아와 문을 두드리고, 마음을 돌리지 않으면 집에 가지 않겠다며 밤을 새우던 후배들, 매일 현관 틈에 손 편지를 끼우고 가던 후배들에게 든든한 버팀목과 멘토가 되어 주어야 했을지도 모른다는 미안함도 있었다.

경호실을 사직하겠다는 내 뜻을 접한 부모님의 아쉬움은 동료나 후배들과는 비할 수 없이 컸다. 전형적인 옛날 어른이었던 부모님에게 청와대는 하늘을 나는 새도 떨어뜨릴 정도로 대단한 곳이었고, 거기서 무려 대한민국 최초의 여성 경호관으로 근무하는 딸은 무엇과도 바꿀 수 없는 자랑거리였다.

"병원에 갔는데 간호사가 건강보험증을 펼치자마자 표정도 한결 친절해지고 의사선생님도 진료를 다른 환자들보다 두 배로 길게 봐 주시고 그런다."

부모님은 내 직장의료보험 피부양자였기에 건강보험증에 내 직장명인 '대통령 경호실'이 기재되어 있다. 그걸 부모님들이 그렇게 자랑스럽게 여기며 가지고 다니셨다. 늘 첫째도, 둘째도 보안을 강조하며 내가 어디서 근무하는지 무슨 일을 하는지 절대 다른 데 얘기하지 마시라고 강조하는 유난스런 딸내미를, 유일하게 말하지 않고도 남들이 알게 할 수 있는 순간이었기에 그것을 즐기신 것이다.

의사나 간호사가 직장명을 보고 환자에게 특별 대우를

해주었을 리 없지만, 부모님은 그렇게나마 경호관인 자식을 둔 것을 뿌듯하게 느끼고 행복해하셨던 것 같다. 그런 자랑스러운 자식이 그 모든 지위와 경력을 버리고 명함 한 장 없는 배우가 되겠다니, 얼마나 아쉽고 아깝고 안타깝고 말리고 싶으셨을까. 그 표정이 아직도 눈에 선하다. 어려서는 아파서 그렇게 속을 썩이더니, 커서는 아무 걱정 없을 것 같더니 또 한 번 부모님의 속을 태우면서도 나는 뜻을 굽히지 않았다.

"지금 내 선택을 나중에 후회할지도 모르지만, 지금 이렇게 하지 않으면 죽기 전에 이 순간을 후회할 거라는 건 분명해. 그때 가면 후회할지, 안 할지 모를 이 선택의 순간을 되돌릴 수는 없잖아."

한번 굳힌 마음은 이미 물러설 곳 없이 단단해져 있었고, 한 번뿐인 인생, 하고 싶은 모든 것에 도전하며 살아보겠다는 장래 희망을 가진 서른세 살의 딸내미를 부모님은 또 한 번 말없이 응원해주기로 했다.

Chapter 03

청와대를 떠난 배우

난 그저 조금 더 용기를 낼 뿐이다.
밑바닥부터 다시 시작할 용기, 자존심을 굽힐 용기,
거절당하고 창피할 것을 무릅쓸 용기,
그리고 내일 다시 처음부터 시작할 용기.
나는 늘 알 수 없는 내일에 가슴이 설렌다.

01

낯선 땅에서
나를 마주하다

여러분은 회사를 그만둔다면 가장 먼저 뭘 하고 싶은 가? 나는 비행기 티켓을 끊었다. 연휴에도 이틀 이상 쉬면 뭔가 잘못하고 있는 것 같고, 병가를 낼 때면 누워 있는 등 짝에 가시가 박힌 것 같았다. 친구 결혼식이고 가족 경조사 고 마음 놓고 제때 도리를 다해 볼 수 없던 경호관 신분, 한 번도 언제 울릴지 모를 비상호출에 대비해 휴대폰을 꺼두고 마음껏 자유롭게 떠나본 일이 없던 나는 일단 무작정 해외 여행을 가기로 마음먹었다. 출퇴근 및 비상호출이라곤 없는 자유로움을 한껏 만끽하며 내가 진심으로 하고 싶은 일이 뭔지, 어떤 일에 도전해야 후회 없이 마음이 설렐지 느긋하게 생각하는 여유를 누리고 싶었다.

경호실 생활을 하면서 수많은 나라를 방문했지만, 대부분 공무로 인한 국빈 방문이거나 국제회의 참석이다보니 방문지는 대부분 해당국의 수도, 거기 위치한 왕궁·국회의사당 등의 공관과 공항, 숙소, 대사관이 대부분이었다.

"그 어린 나이에 그리도 수많은 국가의 좋다는 곳은 다 가 보다니!"

부러울 수도 있지만, 실상은 한정된 인원만 동원되는 만큼 근무 스케줄도 빡빡했고 야간 근무로 인해 잠자는 시간도 부족할 정도라 유명한 관광명소 등을 방문하는 건 꿈도 꾸지 못했다.

수없이 갔던 영국에서 비로소 런던의 빅벤을 처음으로 눈에 담았고, 프랑스 파리에서는 개선문에 올라 몇 날 며칠 노을이 지는 장면을 눈에 담았다. 로마에서는 파르테논 신전 위에 휘영청 떠 있는 달이 너무나 예뻐 한참을 넋을 잃고 바라보다 소매치기를 당할 뻔하기도 했다. 프라하에서는 특유의 낮게 내려앉은 하늘과 운치 있는 거리에 빠져 하루에 4만 보를 걷기도 했다. 스위스 융프라우에서 내려오는 기차를 포기하고 호기로운 객기로 하루 종일 걸어내려오다 달구

회사를 그만두고 떠난 배낭여행 당시
스위스 융프라우 하이킹 중

지 뒤에 매달리기도 했고, 베른의 시장에서 만난 회전목마가 그림 같아 아이들 사이에 끼어 몇 바퀴를 함께 돌며 즐기기도 했다.

스페인 카탈루냐 지방의 어느 소도시를 방문했을 때다. 바로 길 하나만 건너면 지도를 보고 둘레둘레 찾아온 예쁜 성당에 도착했다. 갑자기 길 한쪽에서 도로 위를 달리는 사람들이 등장하기 시작했다. 그 도시에서 열리는 축제의 일환인 마라톤 행사에 참가한 사람들이었다. 한두 명이 금세 수십 명이 되더니 엄청난 인파가 도로를 메우고 질주하기 시작했다.

"이 마라톤 행렬이 언제쯤 다 지나갈까요? 저는 이 길을 건너서 저 성당에 가려고 하는데요. 길을 건널 방법이 없나요?"

행사의 안전을 담당하기 위해 도로를 통제하던 경찰이 웃는 얼굴로 대답한다.

"이제 시작인걸요. 다 지나가길 기다리는 것보다 행렬에 참가해서 함께 뛰면서 건너보세요."

생각지도 못한 답변이 돌아왔다. 자유로운 배낭여행자는 마침 운동화에 트레이닝복 차림이었다. 정말 함께 달려도 되느냐고 묻자 경찰이 어깨를 으쓱하며 안 될 게 뭐냐는 듯 손짓으로 안내했다. 그래, 나는 왜 안 되는 이유부터 찾고 있었지? 하면 안 될 이유도 없는데. 여기까지 와서 안 될게 뭐야?
나는 인파로 뛰어들어 같이 뛰기 시작했다. 몇 km를 달리는
마라톤인지 속도가 꽤 빠르다. 달리면서 왼쪽으로, 왼쪽으로
붙어 길만 건너려 했지만 사람들의 진로를 방해하지 않으면
서 왼쪽으로 붙기가 쉽지 않았다. 작정하고 마라톤에 참가한
사람들에게 피해를 줄 수도 없어 그냥 뛰었다. 낯선 나라에
서 모르는 사람들 속에 섞여 열심히도 뛰었다. 속도가 붙고
몸이 흠뻑 젖을 때쯤 결승선을 통과했다.

그렇게 마라톤에서 7등을 기록한 나는 엄청난 크기의 덩
어리 치즈와 맥주 무제한 쿠폰을 상품으로 받고 축제를 즐겼
다. 이런 방법도 있는 건데. 직진으로 바로 목적지인 성당에
이르진 못했지만, 성당이야 뭐, 조금 늦게 가거나 다른 날 가
면 되는 거였다. 대신 나는 또 다른 목적지에 도착해 결승선
을 통과했고, 새로운 친구들과 어울리며 축제를 즐겼다.

그렇게 몇 달간을 배낭 하나 덜렁 메고 이 나라 저 나라
로 떠돌았다. 내가 지내온 나라, 내가 보고 듣고 경험하고
자라 온 것들이 한없이 한정된 것이었구나 싶었다. 세상은
넓고 할 일도 많았다. 사람들이 살아가는 모습도 다양했다.
여차하면 여기 머물면서 관광가이드를 할까 싶기도 한, 처

회사를 그만두고 떠난 배낭여행 당시 체코 '존 레논의 벽'

음 만끽하는 여유롭고 필(feel) 충만한 나날이었다.

"Where are you from? Korea? North? What are you doing here? Your accommodation? Are you seeking for a job here?

(어느 나라에서 왔습니까? 한국? 북한이요? 여기서 뭐하고 있었지요? 숙소는 어딥니까? 여기서 구직 중인가요?)

유럽의 어느 나라에서 오래된 분수대 앞 벤치에 누워 비정상적으로 아름다운 장밋빛 노을을 바라보고 있을 때였다. 최소한의 비용으로 최대한의 효율을 뽑아내고자 한 배낭여행자였던 나는 후줄근한 차림에 내 몸집만 한 등산 가방을 베고 있었다. 손 닿는 곳에는 와인 한 병이 놓여 있었는데, 다년간의 해외 출장 생활로 타지에서는 물갈이를 조심해야 하는 것을 익히 알고 있던 나는 상대적으로 저렴한 맥주나 와인으로 목을 축였다. 3유로도 되지 않는 가격의 와인으로 해외에서의 여유로운 기분마저 만끽할 수 있으니 더없는 선택이었다.

이런 모습의 내가 수상했는지 순찰하던 현지 경찰관이 서툰 영어로 질문을 쏟아냈다. 살짝 오른 취기와 타국에서 배낭여행을 즐기던 나는 경찰에게도 외국에서 친구를 만난 것 같은 기분으로 실실 웃어대며 장난스러운 대화를 이어갔다. 그러자 내가 경호관 출신이라 제복 입은 경찰관에게 남다른 편안함과 친밀함을 느낀다는 것을 알 리 없는 경찰들은 나를 경찰서로 연행했다. 여권은 혹시 모를 소매치기에 대비해 꽁꽁 싸매 꾹꾹 눌러 담은 배낭의 제일 밑바닥에 있었는데, 이것을 찾는 데 시간이 걸리자 그냥 연행해 버린 거였다. 유럽의 공무원이라고 영어가 모두 유창한 것은 아니어서 서툰 영어의 그들은 나를 북한이나 중국 어딘가에서 일자리를 찾아서 노숙하는 주취 부랑아로 판단하고 있었다. 경찰차에 태워져 지서에 도착하고 나서야 상황이 심상치 않음을 깨달은 나는 휴대폰에 저장되어 있던 번호를 검색해서 그 나라 경호 기관에 있는 친구에게 전화를 걸었다.

'받아라, 받아야 해! 친구야, 나 좀 살려줘.'

나는 경호실에서 국제경호책임자협회(APPS : Association of Personal Protection Services)의 한국 담당자였다. 이는 1993년 스위스에서 출범해 2020년 기준 44개국이 참여하고 있는 국외 경호기관 간 협조 채널로 각 경호기관 간 경호 정보와 기법은 물론 경호 관련 최신 기술 동향 등을 공유하는 협의체였다. 2010년에는 G20 정상회의 개최를 앞두고 서울에서 제10차 APPS 총회를 개최하기도 했는데, 나는 이때에도 행사 진행과 통역을 맡으며 연락 창구로써의 역할을 했다. 다년간의 경호관 생활 중 얻은 또 하나의 자산이 바로 이러한 경력을 통해 세계 각지에 뻗어있는 나의 동료들이었다. 그들이 자국의 VIP를 경호해서 한국에 오면 내가 최선을 다해 그들의 안전을 보장했고, 내가 해외로 출장을 갈 때면 그들의 협조를 받아 경호 임무를 수행했다. 이러한 인연은 사적으로 그들이 한국을 방문할 때도 이어져 개인적인 친분으로 이어지기도 했는데 마침 내가 방문한 지역에도 그런 친구가 있었다.

나는 우리나라로 치면 그 나라의 대통령 경호실 수행부장에 해당하는 친구에게 전화를 걸었고, 그는 단번에 내가 있는 곳으로 달려와 오해를 풀어 주었다. 나를 자신을 만나기 위해 방문한 친구로 소개한 그는 실제로 내가 그 나라에 머무는 동안 가이드를 자처했고, 집에도 초대해 정성 어린 집밥을 대접하기도 했다. 경호 임무라는 같은 일을 수행하며 친해졌지만, 나보다 스무 살 정도 나이가 많았던 그는 저녁을 먹고 정원에서 맥주를 한 캔 건네며 말했다. 하늘에는 별이 유난히도 많은 저녁이었다.

"네 마음에 귀를 기울여. 너는 이미 준비가 되어 있고 마침내 그때가 된 것뿐이야. 이제 남은 일은 네 마음이 하는 말을 듣고 거기에 따르는 거야. 인생을 즐겨, 친구."

그렇게 내 마음이 하고픈 말에 귀를 기울여 보기로 했다. 솔직히 단 한 번도 용기 내어 스스로 물어보지 못한 질문이었다. "앞으로 뭐 해 먹고 살지?"에만 집중해서 경주마처럼 지름길만 향해 달려온 내가 처음으로 내게 던진 질문.

"내가 정말 좋아하는 일이 뭐지? 하고 싶은 일이 뭐지?"

어떤 대답이 나올까 두려웠다. 감당할 수 없는 엄청난 진단 결과라도 나올까 두려워 건강검진을 겁내는 사람처럼, 나는 내 속에서 정말 내가 하고 싶어 하는 일이 얼마나 말도 안 되고 실현 가능성도 없을지 모른다는 생각에 단 한 번도 스스로에게 기회를 주지 않았다. 한 번도 여유 내어 내 마음을 들여다보지 않았다. 하고 싶은 일을 언제든 시작하면 되는, 그저 열심히 하기만 하면 되는, 하다가 아니다 싶으면 접고 돌아서면 되는, 환경에 있는 사람이라면 이러한 두려움 없이 하고 싶은 일에 성큼 다가갔을 것이다. 하지만 나는 그러지 못했다. 이제야 비로소 나는 스스로의 힘으로 그럴 수 있는 환경에 이르렀고, 모든 게 준비됐다. 이제는 정말 다른 사람이 기대하는 나, 다른 사람이 정해 놓은 나를 벗어난 민낯의 나를 마주해야 할 때다. 매우 기다려 왔던 순간이지만 진짜 나와 마주하는 순간은 살아온 그 어느 때보다 어색하고 쑥스러웠다.

배우는
아무나 하니?

사실은 아주 오래전부터 내가 하고픈 일, 되고픈 것이 무언지 알고 있었는지도 모르겠다. 그저 입 밖에 내어 말할 자신이 없었을 뿐. 내가 가장 두근거리고 설레던 순간은 무대 위에 선 배우를 마주할 때였다. 나의 작은아버지는 연극배우셨다. 덕분에 아주 어릴 때부터 작은아버지의 연극을 관람하기 위해 공연장을 찾을 기회가 많았다. 〈까라마조프가의 형제들〉〈아가씨와 건달들〉과 같은 고전부터 실험극, 창작극에 이르기까지 무대에 선 작은 아버지의 연기를 보며 자라왔다. 어린 나이의 내가 그 작품들의 내용을 얼마나 공감하고 이해했는지는 기억조차 없다. 그저 내 마음에 크게 남아있던 건 무대가 주는 설렘이었다. 큰 무대든 작은 무대든, 배우의 표정과 숨결까지 느껴질 정도로 조용한 객석에서 바라보는 무대. 암전이 주는 미칠 듯한 긴장감, 스포트라이트 아래서 살아 움직이는 배우들의 생명력, 작은 호흡 하나까지 귓결에 느껴지는 긴장감은 언제나 흥분되는 기억으로 남아있다. 함께 공연을 관람하는 가족들은 혹여 무대에선 배우들이(가족이다 보니) 틀릴까 봐 긴장된다거나 관객의 반응이 좋지 않을까 봐 걱정하다가 공연이 끝난 후 긴장을 풀고 감상을 나누었지만, 내게 무대는 그저 설렘과 두근거림 그 자체였다. 저 조명 아래 서고 싶었고, 다른 사람이 되어 무대 위에서 날아다니고 싶었다.

그래, 나는 연기가 하고 싶었다. 그저 남들에게 나를 알리는 일을 하고 싶다거나, 유명세, 화려함, 인기나 팬들의 사랑을 꿈꿨던 건 아니다. 20대 초반에 방송 일을 접하면서 느꼈던 건, 허울 좋은 화려함과 다른 사람들의 관심이 반짝하고 사라질 때 마주하는 공허함, 그리고 그 순간에 소모된 후 느끼는 자괴감뿐이었다. 그저 남의 시선이나 관심이 욕심나 연기를 하고 싶은 게 아니라, 다양한 인생, 다양한 인물을 살아 숨 쉬게 하고 그것을 바라보는 관객의 마음을 움직이는 '연기'를 하는 배우가 되고 싶었다. 연기가 하고 싶었다.

어릴 때는 감히 입 밖에 내어 말해 보지도 못했다. 연기를 하는 사람들은 어릴 때부터 특출난 외모와 엄청난 끼가 있거나, 아니면 집안 대대로 예능인의 피가 흐르는 특별한 태생이거나 그 어딘가로 닿는 연줄이 있어야 할 수 있는 일이겠거니 했다.

"네가? 무슨 수로? 네가 뭘 잘하는 게 있는데? 야 TV에 나오는 사람들 봐. 네가 외모든 재능이든 저런 사람들이랑 같다고 생각해?"

내가 연기를 하고 싶고 배우가 되고 싶다고 하면 비웃음과 만류가 돌아올 것이 빤하다는 생각에 미리 움츠러들었고, 그러느니 차라리 남들 사는 대로 성실히 평범하게 사는 것이 더 현실적인 삶이라고 생각했다. 부모님께서 그저 "공부해라" "열 가지 재주 있는 사람치고 제대로 된 밥벌이 하는 사람 못 봤다. 한 우물을 파라"라고 말씀하신 것 역시 남들 사는 것처럼 웬만한 사람들이 다 함께 걷는 길을 따르는 편히 무난하다고 생각하셨기 때문일 것이다.

사실 나는 대학교 때 방송 리포터를 하면서 잡지 모델을 하기도 했다. 당시에는 지금보다 잡지의 인기가 호황이었는데, 〈에꼴〉〈쎄씨〉〈피가로〉 등 지금은 사라진 수많은 트렌디한 잡지들은 인기스타의 등용문이기도 했다. 신민아, 배두나, 공효진 등 지금도 활발히 활동하는 수많은 인기 배우들이 당시 패션 잡지들의 길거리 캐스팅을 통해 모델로 활동을 시작하던 때였다. 어느 것이 먼저였는지 기억이 나지 않지만 나는 학교 앞 지하철역으로 가던 이대 앞길에서 이런 잡지 에디터의 명함을 받았다.

'드디어 나에게도 기회가 찾아온 건가?'

설레는 마음으로 잡지사를 찾아갔다. 패션과 뷰티 화보를 찍었고, 한껏 꾸며진 나의 모습들이 잡지의 몇 페이지를 장식하는 날들이 이어졌다. 한 달간 음식점에서 서빙하고 아이들에게 과외수업을 하면서 벌어야 했던 돈이 하루 촬영이면 통장에 입금되었다. 아르바이트로서의 가성비도 좋았을 뿐 아니라 내가 꿈꾸던, 다른 사람을 연기하는 경험도 할 수 있었다. 평범한 모습으로 촬영장에 도착하면 현장에 있는 아티스트들이 머리며 화장, 의상까지 한껏 꾸며 나를 다른 모습으로 만들어 주었고, 나는 그들이 원하는 화보의 모습을 연기했다. 즐겁고 설렜다. 어느 날 함께 촬영하는 모델이 소속된 기획사 캐스팅 담당자가 계속 이쪽 일을 할 생각이 있으면 찾아오라며 내게 명함을 건넸다. 또다시 설레는 마음을 안고 찾아갔다.

천장부터 벽지, 바닥까지 온통 새하얗게 칠해진 스튜디오에서 그보다 눈부신 조명이 내리꽂히는 가운데 카메라 앞에 서서 오디션을 봤다. 자기소개를 했고, 잘하지는 못 하지만 노래도 했다. 춤을 춰보라는 말에는 자신이 없다며 절레절레 고개만 흔들었다.

"다 괜찮은데 트레이닝을 좀 받아야겠네."

기획사의 권유로 연계된 센터에서 트레이닝을 받기로 했다. 학교 수업이 끝나고 혹은 수업이 없는 날은 아르바이트가 끝나고 비는 시간을 쪼개 강남 한복판에 위치한 센터를 찾았다. 높은 하이힐을 신고 자유자재로 포즈를 취하며 걷는 연습도 했고, 노래며 춤, 메이크업과 머리를 손질하는 방법도 가르쳐 주었다. 중학생부터 20대에 이르기까지 연예인을 꿈꾸며 전국 각지에서 온 예쁘고 날씬한 아이들이 가득했다. 센터에서는 그때그때 촬영과 평가가 진행됐는데, 아이들은 고급 승용차에 바리바리 옷이며 신발을 잔뜩 챙겨 든 엄마를 매니저처럼 대동했고, 옷매무새며 머리 만지는 것을 도와주는 엄마의 손길을 받으며 평가를 진행한 후 끝나면 다시 차에 몸을 싣고 떠났다. 쇼핑백에 몇 안 되는 옷가지와 신발을 챙겨 왔던 나는 가장 늦게까지 남아 그것들을 직접 정리하고 집으로 가는 지하철에 몸을 실었다.

"수련 씨, 꼭 비싼 옷을 입을 필요는 없지만 그런 걸 보는 눈도 필요해. 지금 신고 온 거 짝퉁인 거 누구 눈에도 보이는 거 알아? 사람들이 우습게 본다?"

"수련 씨, 연기하고 싶은 생각은 없어? 여기가 우리 센터랑 연계된 연기학원인데 관심 있으면 레슨비 좀 할인해 달라고 얘기할 테니까 상담받아봐. 우리 센터 애들 여기 다니다가 시트콤도 들어갔잖아."

"수련 씨, 눈이 조명을 좀 안 받던데 쌍꺼풀을 조금 크게 하는 게 어때? 하는 김에 얼굴 윤곽이 좀 동그라니까 광대도 좀 살리고."

그때나 지금이나 나는 고가의 명품이나 유명한 브랜드를 잘 알지 못한다. "좋다!" 싶으면 어마어마한 가격에 놀라고, 소박한 나의 손은 중저가로 대체할 수 있는 아이템을 집어 든다. 비싼 명품이 좋은 것도 알지만, 도저히 손이 가지 않아 그 돈으로 물건을 사기보다는 차라리 내가 할 줄 모르는 것들을 배우는 데 투자하는 편이다. 고가의 명품을 사기보다는 그런 옷이 잘 어울리는 몸을 만들고, 고급 승용차를 사기보다는 무엇이든 운전할 수 있는 기술을 배우자는 주의

인데, 덕분에 탭댄스, 승마, 테니스, 골프, 요리, 외국어 등 할 줄 아는 게 많아지기도 했다.

지금이야 이런 소박한 소비 습관이 내게 준 좋은 점들에 감사한다지만, 그때는 실장님의 조언을 선뜻 따르지 못하는 내가 한없이 부끄러웠다. 열심히 아르바이트한 돈으로 샀던 내 구두가 모 명품 브랜드의 모조품인 것도 몰랐고, 연기학원의 레슨비가 그렇게 비싼지도 몰랐으며, 내 생김새가 하고 싶은 일을 하는 데 문제가 되는지도 몰랐다. 물론 그의 조언이 맞는 부분도 있고, 틀린 부분도 있었겠지만, 지금이라면 알아서 걸러 들을 말들이 그때는 한없이 부담스럽고 도저히 넘지 못할 벽처럼 느껴졌다. 실제로 센터의 아이들은 수시로 성형수술이나 시술을 했고, 연기 레슨도 받았으며, 옷과 신발은 늘 바뀌었다.

할 수 있는데 안 하는 것과 할 여력이 안 돼 못 하는 것의 차이는 크다. 그때의 나는 그러한 것들이 마땅히 해야 하는 것인지에 대해 옳고 그름의 판단을 떠나, 할 수 없다는 현실만을 뼈저리게 자각했다. 아침저녁 붐비는 지하철을 타고 끝없는 비교의 늪으로 향하는 발길도 무거워졌다.

내가 나오는 잡지들을 보면서 트렌드가 뭔지, 유행하는 브랜드가 뭔지 알음알음 배워갔지만, 알면 알수록 그 다양한 고가의 브랜드를 소비하는 것과는 더욱 거리가 멀어졌다. 그리고 그러한 내 노력을 알 리 없는 실장님에게 나는 조언을 무시하고 스스로에 대한 투자를 게을리하는 괘씸한 모델에 지나지 않았고, 이후로 들어온 많은 촬영 기회는 자연스레 실장님의 조언을 따라 성형을 하고 개인레슨을 듣는 다른 모델들에게 돌아갔다.

그때의 나는 어렸다. 세상 물정 모르는 여대생이었고, 이제 막 접하게 된 세상에서 만난 수많은 사람과 상황에 일일이 반응하고 휘둘릴 나이였다. 그러한 여건을 딛고 뚝심으로 버텼다면 다른 결과가 있었을지도 모르지만, 당시에 내가 할 수 있던 가장 현명한 선택은 한시라도 빨리 더 큰 가능성이 보이는 길, 즉 남들이 걷는 평범한 '취업'의 길로 돌아서는 것이었다. 연예인의 길은 특별하고, 뒷받침되며, 예쁘게 가꿔진 사람만이 갈 수 있음을 깨달으며 미련 없이 돌아섰다. 한없이 작아진 마음으로 방송 리포터를 그만두고 돌아서던 때와 비슷하게 맞물린 시점이었다.

그리고 덕분에, 연예인이 아닌 대한민국 최초의 여성 대통령 경호관으로서 20대를 보낸 나는 그 시절의 나와 완전히 다른 사람이 되었다.

03

정신 차리고 빨리 취집해서
아기나 낳으세요

연예계 진출은 20대 이후 단단한 정신력을 갖춘 이후부터 시작하는 게 맞는 것 같다. 아니, 어차피 20대라도 산전수전 다 겪을 만큼 사회 경험을 할 수 없는 바에야 언제 시작해도 마찬가지일까? 나는 처음 프로필을 돌리고, 만나는 사람마다 이제 시작하기는 늦었다고, 나이가 많다는 얘기를 들었다. 그러나 정작 단 한 번도 내가 배우를 시작한 나이가 늦었다는 데 수긍할 수 없었다. 오히려 내가 이러려고, 이 타이밍을 제대로 맞추려고 돌고 돌아 이제야 여기 왔구나 싶었다. 그만큼 이쪽은 남다른 정신력의 무장이 필수인 새로운 세상이었다.

더 이상 '청와대' 소속도 아니고 '경호관'도 아닌 30대 배우 지망생은 바닥부터 시작해야 했다. 전공자도, 유경험자도 아니며 주변에 이 분야의 인맥도 없었던 나는 연기를 꿈꾸는 수많은 젊음이 처음 향할 법한 곳으로 갔다. 망설일 시간도, 머뭇거릴 이유도 없었다. 비로소 나는 진짜 나의 꿈과 마주했고, 이제는 나를 위해 투자할 시간과 여유가 있었다. 인터넷을 뒤져 연기자를 지망하는 수많은 젊음이 모인다는 유명한 학원을 찾아갔다. 십 대들이 대부분인 학원에서 30대의 나는 그들과 함께 바닥을 네 발로 기어 다니며 동물 흉내를 내고, '가갸거겨'를 외치며 발음과 발성 연습을 했으며, 이유 없이 미친 듯이 웃고 울고 소리 지르는 연습을 했다.

함께 수업을 듣는 친구들은 대부분 연기 입시를 꿈꾸는 10대에서 20대 초반이었다. 최소한 나보다 열 살 아래 동생들이었다. 가르치는 선생님도 마찬가지였다. 연기를 전공한 선생님들도 많아야 내 또래, 대부분이 한참 아래의 연배였다. 그들이 나를 어떻게 보는지는 중요하지 않았다. 내 경력도 밝히지 않았다. 아니, 밝힐 필요조차 없었다. 내가 청와대에서 10년을 근무했건, 어떤 대학교의 어떤 이력을 지녔건, 나는 그들과 비교해 뒤처지면 뒤처졌지 하나도 나을 것

없는 연기 초보에 불과했다. 나는 그렇게 무직자로 늦은 나이에 연기에 대한 꿈에 도전하는 한 명의 늦깎이 학생이 되었다.

그들과 다른 점이라고는 내가 원하는 것이 무엇인지 분명히 알고 있는 데서 오는 집중력과 간절함이었다. 어리기 때문에 누릴 수 있는 시간적 여유로움이나 망설임, 부끄러움, 진로에 대한 고민 같은 건 없었다. 내가 소질이 있나, 남들은 어떤가를 살펴볼 필요도 없었다. 그저 가르침대로 쉼 없이 나를 부수기 위해 노력했다. 조금의 의심도 하지 않고 시키는 건 다 했다. 지하철을 타고 몇 시간이고 순환하며 만난 사람들을 관찰하고 특징을 기록해 보기도 했다. 또한 추천하는 연극이며 전시회도 가 보고 몸으로 설명하기도 하고, 일주일간 갓 한국 사회에 편승한 북한 이탈 주민으로 살아보기도 하고. 그냥 다 했다.

연기를 시작하면서 가장 힘들었던 일은 나이 차이도 부끄러움도 아닌, 나의 틀을 부수는 과정이었다. 딱히 처음부터 잘 들어맞는 전형적인 공무원상은 아니었지만, 분명 10년에 가까운 경험 속에서 나는 '딱딱하고, 주변 감정이나 상황에 쉽게 휘둘리지 않으며, 간결하고 효율적인 사고와 행동을 선호하는' 나의 틀을 단단히도 갖추어 놓고 있었다. 미처 스스로도 깨닫지 못했던 이러한 틀은 내가 속해 있던 공무원 사회를 떠나 전혀 다른 배우의 일을 시작하자 나의 '다름'이 되고, '한계'가 됐으며, 더 나은 배우로의 성장을 방해하는 '구속'이 되었다.

경호관의 무표정을 깨뜨리고 웃고 울고 소리 지르고 다양한 표정을 표현하는 것이 너무 힘들었다. 어떤 상황에서 그 상황에 공감하고 그 마음을 고스란히 표현하는 게 나를 부수고 다시 만들어 내는 만큼 어려웠다. 그러나 그러한 과정을 거듭하면서 나는 점점 더 내가 느끼는 감정에 솔직해지고, 자유로워졌으며, 잔뜩 쌓여있던 가슴 속 무언가가 해소되는 것을 느꼈다. '나'라고 생각했던 틀을 깨뜨리며 더 많은 것들을 담아내고 표현하는 과정은 힘들고 공들인 시간만큼 값지고 뿌듯했다.

'난 이런 사람이야. 내가 왜 맞추고 달라져야 해?'

'저 사람은 왜 저래? 완전 싫어. 가까이하고 싶지 않아.'

'저게 무슨 소리야? 사고방식이 틀렸네. 어떻게 저렇게 개념 없이 행동할 수 있지?'

이제까지 내 기준에 따라 규정하고 판단했던 모든 것들이 모두 틀렸다는 전제하에 다 무너뜨리고 처음부터 다시 세워나갔다. 절대적으로 옳고 절대적으로 틀린 것은 없었다. 내가 안다고 생각한 것들이 모두 정답은 아니었다. 다양한 인생을 담아내고 표현해야 하는 배우가 되기 위해서는 수많은 인생과 사람들의 말과 행동을 귀담아 들어야 했고, 그것들을 담아낼 수 있는 유연하고 큰 그릇이 되어야 했다. 이 과정을 반복하면서 나는 스스로 이제껏 전부라고 생각했던 세상에서 벗어나 더 나은 사람으로 '성장'해 나가고 있음을 느꼈다. 내가 하고 싶은 일은 주어진 상황에 살아남기 위해 버티며 소진되어 가는 게 아니라 나를 채워가며 더 나은 사람으로 성장해 나가는 일이었다.

물론 좋아하는 일을 한다고 항상 행복한 건 아니었다. 연기와 관련된 학교를 나온 것도 아니고, 극단에서 경력을 쌓아온 것도 아니며, 관련된 인맥 하나 없는 30대 연기 지망생을 환한 얼굴로 맞아주는 곳은 한 곳도 없었다. 누구나 학원비만 내면 다닐 수 있는 연기학원에서 시작해 퇴직금을 탈탈 털어가며 유명하다는 스승님들을 찾아 개인레슨을 무던히 받으며 기초를 닦았다.

마침내 본격적으로 배우가 되기 위해 프로필을 돌리기로 했다. 스튜디오도 마땅히 아는 곳이 없어서 차라리 정직하게 가자는 마음으로 동네 사진관에서 화장기 하나 없이 소박하게 인물사진을 찍었다. 보고서 작성으로 쌓은 PPT(파워포인트) 실력을 발휘해 프로필에 사진을 넣고, 전공이 아닌 학력이나 관련 분야가 아닌 청와대 경력은 한 줄도 넣지 않았다. 그냥 특기로 영어와 태권도, 피아노 등만 적은 한 장짜리 프로필을 들고 경호관 시절 정보 수집 능력을 발휘해 유명한 제작사, 영화사, 기획사들의 주소를 뽑아 직접 발로 뛰어다녔다. 요령 하나 조언해 줄 사람 없이 정말 '맨땅에 헤딩'하는 각오로 순수한 열정만 가지고 전국 각지를 찾아다니며 해맑게 문을 두드렸다.

"들어오지 말고 그냥 문 앞 박스에 두고 가시라니까!"

이미 넘치도록 쌓인 프로필 박스에 소중한 내 프로필을 한 장 더 보태고 문 앞에서 돌아오는 날이 허다했다. 이렇게 돌아서는 게 아쉬워 뭐라도 해보자는 마음으로 문을 열고 들어가 책상마다 비타민 음료를 하나씩 놓고 큰 소리로 인사를 하고 나오기도 했다.

"안녕하세요! 신인 연기자 이수련입니다! 바쁘시겠지만 시원하게 음료수 한 병 드시면서 제 프로필도 한 번 봐주세요, 감사합니다!"

20대의 나였으면 못 했을지도 모를 뻔뻔함과 용기였다.

비록 누구 하나 나를 거들떠보거나 아는 체하지 않았지만 돌아서 나오면서도 창피함을 느끼거나 자존심이 상하지도 않았다. 그저 할 수 있는 최선을 다했다는 뿌듯함만 가득했다. '아, 이거라도 해 볼걸. 문 열고 들어가서 말이라도 붙여 볼걸 그랬나?' 집에 가서 아쉬워하기보다는 지금 이 순간 내가 할 수 있는 모든 것을 다 했다는 데 후련함을 느꼈다. 그렇게 발품을 팔아가며 돌린 프로필에 하나둘 오디션을 보러 오라는 연락이 왔다.

"어디까지 할 수 있어요? 아니, 연기에 대한 열정 하나로 그 나이에 여기까지 왔다며, 어디까지 할 수 있냐고. 물구나무 서 봐요. 지금 여기서."

"노출 연기 가능해요? 신인이 가리는 게 어디 있어? 노출 연기는 연기 아니에요?"

그들의 의도는 명백했지만 알아듣지 못할 이들에게 화를 낼 필요도 없었다. 그저 처음으로 찾아온 연락에 반가워 한걸음에 거기까지 설렘과 희망을 안고 달려간 내 시간이 아까웠다. 내 간절함을 자신들의 호기심을 채우기 위한 수단으로 활용하는 수많은 사람의 존재에 쓸쓸했다.

"하이고……. 그 나이에 배우를 시작하신다고? 그냥 지금이라도 빨리 취집(결혼) 하셔야지. 안 그러면 아기도 못

낳아요, 그 나이에."

"일단 외모부터 손 보셔야 할 것 같은데요? 코가 너무 작은데 좀 높이는 노력이라도 하고 와야 하지 않나?"

"전공도 다르고 경력도 없고, 이쪽에 완전 처음이시구나? 일단 오늘 저녁에 뭐 하세요? 제가 이쪽 사람들 좀 소개해 드릴게, 술은 좀 해요?"

그렇게 오디션을 치러 나갔다. 처음에는 연락해 온 곳이 어떤 회사인지, 무슨 제작사인지, 어떤 영화를 만드는지조차 묻지도 않고 반가운 마음에 달려갔다. 전혀 상처받지 않았다면 거짓말이다. 기분이 나쁘고 화가 나고 맞받아 되받아 치고 싶은 마음이 들기도 했다. 하지만 그냥 웃는 얼굴로 오디션을 마치고 뒤돌아 나오며 검색하고 알아보았다. 마땅히 등록된 업체가 아닌 곳도 있었고, 이전 작품이나 경력이 없는 곳도 허다했다. 그렇다면 경력이 없는 나와 다를 게 뭐람? 내가 가장 좋아하는 배우인 메릴 스트립의 일화를 되새겼다.

영화 〈철의 여인〉, 〈매디슨 카운티의 다리〉, 〈악마는 프라다를 입는다〉 등을 통해 뛰어난 연기력을 인정받은 여배우 메릴 스

190

트립. 지금은 아카데미 시상식에 단골 후보로 오르는 대배우이지만 그녀에게도 무명 시절이 있었다. 메릴 스트립은 자신의 페이스북에 스물일곱 살 때, 오디션에 낙방하고 돌아오는 전철 안에서 찍은 사진을 올렸다. 그러곤 다음과 같은 글을 썼다.

"영화 〈킹콩〉 오디션을 보고 집에 오면서 찍은 사진이에요. 그날 나는 배역을 맡기에 너무 못생겼다는 말을 들었죠. 내 인생의 중요한 순간이었어요. 이 하나의 나쁜 의견은 배우가 되겠다는 꿈을 무너뜨릴 수도 있고, 아니면 신발 끈을 고쳐 매고 일어나 나 자신을 믿게 할 수도 있었죠. 나는 깊이 숨을 들이마시고 말했어요. '당신 영화에 출연하기엔 내가 너무 못생겼다니 유감입니다. 하지만 당신 말은 그냥 수천 개 의견의 파도 중 하나일 뿐이에요. 나는 좀 더 친절한 파도를 찾아야겠어요.' 그리고 나는 오늘날 아카데미상 트로피 열여덟 개를 갖고 있습니다."

― 《좋은 생각》 2016년 3월호

(같은 책자에는 《좋은 생각》 측의 의뢰를 받아 기고한 나의 글도 실려 있는데, 당시의 나와 지금의 내가 어떤 생각을 갖고 있는지 비교해보는 것도 의미가 있을 듯해 이 장 말미에 같이 실어본다.)

그저 그 오디션에 내가 맞지 않았을 뿐, 내가 틀리거나 모자란 것은 아니었다. 많은 시간을 거치면서 새겨들을 것과 걸러들어야 할 것에 대한 기준이 분명해졌다. 연기나 실력에 대한 조언은 흡수해서 나를 성장시키는 데 반영했고, 외모나 나이에 대한 폄하는 웃는 얼굴로 넘겼다. 그리고 나는 소속사 없이 혼자 활동하는 배우로, 오디션만으로 정정당당히 역할을 따내기 시작했다.

〈두근두근…… 당신의 가슴은 뛰고 있나요?〉 이수련(배우)
"죽기 전에 후회하고 싶지 않았어요. 지금의 선택에 대해 언젠가 후회할 수도 있겠지만, 못 해 본 것에 대한 후회가 있다면 죽어서도 눈을 감을 수가 없을 것 같은데, 어쩌겠어요?"
한 방송에서 내가 한 말이다. 배우로서 연기력을 먼저 인정받고 그다음에나 공개되길 바랐던 내 과거가 어느 방송사의 다큐 프로그램에서 공개되고 난 후, 사람들은 끊임없이 묻는다.
"후회하지 않아요? 아까운 직장 때려치우고, 쯧쯔…… 그 늦은 나이에 안 힘들어요?"
대학교 졸업을 앞두고 한 신문에서 '청와대 대통령 경호실에서 최초로 여성을 선발한다'는 공고를 보고 호기심에 이끌려 시험을 보고, 대한민국 여성 최초 대통령 경호관으로 10년을 근무했다. 여중, 여고, 여대의 학창시절을 보내고, 대학에서도 방송활동을 했던 내가 무작정 호기심에 이끌려 남자들의 세계에 발을 내디뎠으니, 체력의 한계에 도전하는 훈련도, 보호받고 예뻐 보이고 싶은 여성(女性)의 본성에서 벗어나야 하는 생활도, 매 순간이 끝없는 적응의 과정이었다. 마침내 웬만큼 적응도 하고, 후배도 많이 생기고, 소위 '관(官)'자 들어가는 보직으로의 진급을 눈앞에 둔 꿈같은 타이밍에 나는 사직서를 냈다. 이유는 단순했다. 안정적인 매일에서 벗어나 가슴 두근거리고 설레는 새로운 장래 희망을 꿈꾸고 싶었기 때문이다.

지금 나에게 그 일이 연기다. 돈 많이 버는 유명 스타 연예인이 되는 거? 아니! 그저 내가 느끼는 감정을 상대가 공감하도록 솔직하게 표현하고, 그로부터 자유와 해방감을 얻는 과정. 또 그 과정을 통해서 나와 다른 사람을 이해하게 되고 따뜻한 시선으로 새롭게 바라보게 되는 이 일이 마냥 신비롭고 좋을 뿐이다. 이런 내 대답이 도무지 이해가 되지 않는지 사람들은 끊임없이 되묻는다. 그래도 힘들지 않냐고, 진짜로 후회하지 않느냐고.

삼십 대 나이에 가슴 두근거리는 또 다른 장래 희망을 꿈꾸는 내가 그렇게 이상한 걸까? 아니, 다만 나 같은 사람이 많지 않을 뿐이다. 난 그저 조금 더 용기를 낼 뿐이다. 밑바닥부터 다시 시작할 용기, 자존심을 굽힐 용기, 혼나고 거절당하고 창피할 것을 무릅쓸 용기 그리고 내일 다시 처음부터 시작할 용기. 매일 하루에도 수십 곳 발로 뛰고 찾아다니며 프로필을 돌리고, 오디션을 보고, 간간히 받는 캐스팅 소식에 아이처럼 가슴이 설렌다.

때로는, 방송을 본 분들이 SNS로 메시지를 보내 온다. 대부분 현실의 벽에 부딪혀 잊고 살았던 꿈을 다시 꾸게 되었다는 감사와 격려의 말들. 그분들께, "저 연기 잘하는 배우 누구야?" 하고 찾아봤을 때, 다시 한번 배우 '이수련'을 만날 수 있도록 노력하는 게 나의 유일한 보답일 뿐이다. 나는 갈 길이 멀어서 진심으로 행복한 신인배우다.

- 《좋은 생각》 2016년 3월호

04

모든 경험은
연기의 자산이 된다

"아, 연락이 안 갔나? 배우 바뀌었어. 수련 씨가 나이도 많고……. 아, 뭐 기회야 언제든 오는 거잖아? 그 정도 의지는 있잖아?"

액션영화 조연으로 캐스팅돼서 한 달간 열심히 합을 맞추고 훈련하며 촬영 준비를 했을 때쯤이었다. 그날도 같은 시간, 영화에 등장하는 액션 장면의 합을 맞추기 위해 연습실을 찾았는데 조감독이 태연히 말했다. 하루아침에 배우가 바뀌었다고. 이미 도착해서 내가 연습하던 장면을 배우고 있던 배우를 대신해 동반한 매니저가 내게 명함을 건네며 인사한다.

"아, 얘기 들었는데. 아쉽게 됐네요. 배우님, 그래도 뭐 저희가 일부러 그런 건 아니니까 너무 마음 상하지 마시고요. 하하하."

주연배우가 속해있는 회사다. 제작사 대표 혹은 감독을 만나 항의해 봤자 달라질 건 없다. 어제까지 같이 연습하던 무술 감독과 무술팀 배우들 역시 지금 벌어지는 상황을 알지만, 으레 있는 일이라는 듯 특별한 인사 없이 그저 연습에만 열중한다. 내가 여기서 할 수 있는 일은 내 짐을 챙겨 조용히 돌아서는 것뿐이다. 지금 이 기분을 가슴에 새긴다. 어디서 또 두 번 다시 맛보고 싶지 않은 이런 경험과 느낌은 분명히 내가 배우로 성장하는 데 밑거름이 될 테니까. 그런데 이런 쓰린 경험은 넘칠 만큼 쌓인다.

"아, 생각보다 많이 편집됐네. 뭐 영화라는 게 감독 뜻대로 되는 것도 아니니까. 잠깐만 나 인사 좀 하고 올게. 다음에 또 봐요."

설레는 마음으로 두 달간 함께 작업한 영화의 시사회. 촬영했던 분량에서 내 얼굴과 대사는 모두 사라지고 액션 연기만 남아있다. 태권도 5단이라는 특기에 반색하며 나를 캐스팅했던 감독은 결국 몇 마디의 대사와 표정 연기마저 무참히 편집한 뒤 화려한 발차기와 액션 연기만 남겨 스턴트 배우를 만들었다. 배우들을 대신해 위험한 장면을 연기하는 전문 스턴트 배우들은 위험성을 인정받아 출연료가 높다. 이름도 알려지지 않은 단역 배우는 상대적으로 출연료가 낮게 책정된다. 몇 마디의 대사를 미끼로 일반 배우로 캐스팅해서 치고받고 넘어지는 연기를 직접 소화하게 한 후 시사회에서야 그 편집된 결과물을 보여주는 일은 영화나 드라마에서 너무도 흔했다.

부모님을 모시고 오지 않길 잘했구나 싶었다. 이런 경험이 반복되자 어느 순간부터는 내가 먼저 결과물을 확인할 때까지는 어느 작품에 출연한다고 가족들에게 말하지 않기 시작했다. 이런 실망감과 속쓰림은 나 혼자 겪는 걸로 충분하니까.

"나랑 사귈래요? 나는 진심으로 수련 씨가 좋은데. 감독이 배우에게 애정이 있어야 매력적인 모습을 발굴해서 잘 표현할 수 있거든요."

두 번의 오디션을 잘 치러내고 마지막 오디션을 내가 생각해도 더 이상 잘할 수 없을 만치 만족스럽게 치렀던 날, 내 예감이 맞았는지 감독이 따로 식사하며 이야기하자고 했다.

'아, 내가 오디션을 괜찮게 봤나 보다. 배역에 관해 하실 말씀이 있으신가?'

한껏 부푼 마음에 마땅히 응하고 식사 자리에 갔다. 식당 안에 마련된 소규모 룸에는 감독과 제작사 관계자, 투자자, 주연배우 한 명과 그가 속한 소속사 관계자가 자리했다.

작품에 관련된 관계자와 배우까지 함께한 이 자리에 초대됐다는 기쁨에 들떠 있는데, 감독이 대뜸 자기와 사귀자고 한다. 나는 내 귀를 의심했다. 지금 테이블 위에 놓인 감독의 휴대폰 케이스에는 자신의 아내와 아이들의 사진이 떡하니 붙어 있는데?

"네? 하하. 제가 촌스러워서. 이것도 오디션의 일환인가요?"

"에이 뭐야! 배우가 이렇게 뻣뻣해서 어떡해? 아티스트는 끝없이 사랑이라는 감정을 느끼는 거지. 여배우가 그런 매력이 있다는 건 칭찬인데?"

동석한 사람들 중 누구도 이 상황을 불편해하거나 이상히 여기는 기색이 없다. 그중 하나가 내게 묻는다.

"이 안에 혼자 여잔데 안 무서워요? 태권도 5단이라서 무서울 게 없나?"

"태권도 5단이면 병따개 없어도 이런 병쯤은 막 격파로

198

딸 수 있지 않나? 나 좀 때려줄래요? 장난 말고 진짜로 뺨 한 번만 때려줘 봐요."

여기저기서 던지는 농담에 웃는 얼굴로 응수한다.

"이 안에 CCTV 없으면 오히려 그쪽에서 저를 무서워하셔야 할 텐데요."

그날 나는 무사히 식사 자리를 마치고 인사불성이 된 사람들이 모두 귀가하는 걸 확인한 후 여기저기 놓고 간 지갑, 휴대폰 등 분실물을 챙겨들고 마지막으로 집으로 향했다. 그리고 다음 날 아침 아홉시에 그 자리에 있던 모든 사람들에게 문자로 아침 안부를 물었다. "어제 놓고 간 분실물은 명함에 적힌 주소로 퀵 발송했으니 잘 받으세요"라는 말과 함께. 이런저런 이유로 그 영화의 제작은 무기한 연기됐지만, 그 자리에 함께 있던 사람들은 아직도 그날의 일화를 마치 내가 남긴 하나의 전설처럼 이야기한다. 나는 그저 청와대에서 배운 대로 참석자 모두를 안전 경호해 준 것뿐이었다.

경호실에서 배운 "안 되면 되게 하라!"의 정신 중 하나가 술자리 예절이다. 나는 대학교를 졸업할 때만 해도 술을 거의 입에 대지 못했다. 하지만 경호관은 못 하는 게 없어야 한다는 선배들의 가르침에 의해 회식 때마다 정신을 똑바로 차리고 술 마시는 법을 터득해야 했다. 선배들이 주는 술을 분위기에 거스르지 않게 다 받아 마시면서도 동석한 모두를 안전하게 챙기고, 마지막에 귀가하는 게 후배의 의무였다. 초반에는 술을 이기지 못해 취한 모습을 보이면 선배들이 택시를 태워 보냈다. 당시 내가 청와대 인근 관사에 거주하는 걸 알면서도 과천, 부천, 수원 등으로 보내버려 눈을 떠보면 당황하기 일쑤였다. 이른바 술 먹고 정신 단단히 챙기지 못한 후배를 응징하는 선배들의 방식이었는데, 그때는 곱절의 택시비를 내고 관사로 돌아가면서 이를 갈았다. 하지만 그 덕분에 지금도 아무리 술을 마셔도 안전하게 귀가하고, 다음 날 새벽에는 운동으로 해장하고 언제든 출동 준비된 컨디션을 유지하는 습관을 갖게 되었다.

더 이상 청와대 경호실이 주는 막강한 소속감 안에 있지도 않고 대한민국 1호 여성 경호관이라는 타이틀을 내밀 수도 없지만, 청와대에서의 10년을 포함해 지난 오랜 시간 다져온 나의 내공은 '중요하지 않은 것들'로부터 나를 지켜 '배우'로 성장해 나가게 하기에 충분했다.

오디션을 통해 데뷔하면서도 나는 내가 청와대 출신 대

통령 경호관이었다는 사실을 알리지 않았다.

"청와대 출신이라서 그게 뭐? 빽이라도 있다는 거야?"

"대한민국 1호 여성 대통령 경호관이 뭐? 연기랑 무슨 상관인데?"

나 스스로 연기자로 인정을 받은 후 '알고 보니 그 배우가 이런 경력이 있었다'라고 알려지기를 바랐다. 하지만 이마저도 나의 소망으로 끝나버렸다. 당시 내가 참여하는 한 영화의 제작 과정을 담으려던 다큐멘터리 프로그램에서 내 개인사까지 포함해 촬영하기를 원했다. 거절하면 당시 영화 출연마저 불발될까 우려하는 마음에 어쩔 수 없이 응했던 내 과거사는 그렇게 방송을 타고 공개됐다.

그 후 정작 영화는 무산됐지만, 그렇게 무심히도 내 개인사를 만천하에 알리며 나를 '스턴트 배우'로 소개했던 프로그램은 아직도 지속적으로 재방송되며 여전히 나를 액션 전문 배우로 불리게 했다. 이참에 나는 '액션도 되는 배우'이지 액션만 전문으로 하는 스턴트 배우가 아님을 다시 한번 명확히 알리고 싶다. 나는 그저 다양한 캐릭터를 소화하며 다양한 인생을 살아내는 연기자이고 싶다. 그 안에 액션 연기가 필요하면 멋지게 소화할 뿐.

지금도 여전히 나는 매니지먼트 회사에 소속되어 있지 않고 혼자 오디션을 보며 역할을 따내고, 촬영하러 다닌다. 발품을 팔아 내 프로필을 돌리고, 촬영이 잡히면 몇 달이고 서울과 지방을 직접 운전해서 오간다. 10년 차 능숙한 경호관 출신인만큼 운전도 지방 숙식도 문제 될 건 없다. 지방 촬영이 생기면, 일정을 넉넉히 짜서 그 지역의 명소도 가 보고 맛집도 즐긴다. 촬영이 길어질 때면, 촬영장 인근에 피트니스센터 단기 회원권을 끊고 운동도 빼놓지 않는다. 기본적인 자기관리는 배우로서 내가 지켜야 할 의무다.

초반에는 기름값과 숙소비용으로 출연료가 통장을 스쳐 지나가는 날들도 있었지만, 그 모든 것들이 과정이라고 생각했다. 어떤 일이든지 한동안의 시간이 지나야 내 것이 된다. 아무리 마음 졸이고 아등바등해 봐도 그 시간이 지나야 비로소 알 수 있는 일이 많다. 다행히도 나는 좌충우돌 20대를 청와대 경호실이라는 조직 속에서 부딪히고 구르며 둥글둥글 단련되어 그 시간을 묵묵히 버틸 수 있었고, 그 안에서 소소한 즐거움과 내가 얻을 수 있는 것들을 찾아낼 수 있었다. 나는 다시 태어나도 어린 나이에 바로 배우를 택하지 않고, 경호실을 거쳐 배우 일을 할 것이다.

지금도 나에게 상처 주려는 시도는 많다.

"듣보잡(듣지도 보지도 못 한 잡놈, 잘 알려지지 않은 사람을 낮잡아 이르는 말)이네. 청와대 경력 빼고는 뭐 특별한 게 없네요?"

"경호실 출신 경력은 언제까지 팔 거예요?"

"그 나이 먹고 아직도 주연 못 했으면, 그냥 생활형 연기자로 가야겠네."

사람들은 무던히도 쉬지 않고 남을 공격하는 말을 쏟아낸다. 그 말에 책임을 지지도 않고, 나중에 자기 말과 반대되는 결과를 보고 나면 기억이 나지 않는다며, 발뺌할 뿐이다. 실제로 나는 막막한 신인 시절, 촬영장에서 대놓고 나를 무시하던 사람들이 시간이 흘러 다시 촬영장에서 마주했을 때는 전혀 다른 얼굴로 공손히 대하는 경험을 무던히 했다. 모든 관계가 서로에게 긍정적이고 위로가 된다면 좋겠지만, 아쉽게도 대부분의 사람들은 부정적인 말을 쏟아내고 상대를 깎아내리는 쪽을 선택한다. 앞으로도 나는 더 많은 시간, 그러한 상황을 마주하겠지.

그럼 난 딱 세 가지를 할 것이다. 첫째, 나를 평가하는 사람이 그럴만한 자격을 갖춘 사람인지 파악한다. 둘째, 그 사람이 나를 평가하는 말이 합리적이고 객관적으로 받아들일 것이 있는지, 그저 책임지지 않는 비난인지 분별한다. 셋째, 받아들일 부분은 인정하고 받아들여 나를 개선하고, 아닌 경우 그 사람이 준 경험을 잘 기억해 내가 언젠가 연기할 캐릭터에 반영한다. 그 어떤 순간에도 상처받을 필요는 없다. 그 모든 것들은 내가 받아들이는 방식에 따라서 반드시 나를 성장시킬 자산이 되기 때문이다.

05

'배우가 되기'보다
'연기를 하다'

말을 탈 줄 안다는 이유로 캐스팅되어 기쁜 마음으로 달려가면 주연 배우 대역이거나, 액션 연기가 된다는 이유로 현장에 가보면 대사 한 마디 없는 스턴트 배우의 역할일 때도 있었다. 보조 출연자들이 타는 단체버스에 끼워 타고 도착한 지방 머나먼 촬영장에서 추위에 오들오들 밤을 지새우며 촬영을 마쳤다.

"이름도 없는 배우가 출연 경력 쌓으면 감사한 줄 알아야 되는 거 아닌가?"

이런 말과 함께 얼마 안 되는 출연료마저 떼이고 못 받는 날도 있었다.

"아, 씨! 옷을 확 찢어버릴라! 한복 입고 왜 아무 데나 앉아, 개념 없게!"

사극 촬영장에서 장시간 촬영에 지쳐 한복을 입고 잠시 돌계단에 걸터앉아 있다가 의상을 담당하는 스태프에게 욕을 먹는 일도 있었다.

"저, 저거…… 확 잘라버려! 야, 너는 배우가 될 자질이 없는 애야. 혓바닥을 확 뽑아버리든가 해야지."

이건 내가 촬영장에서 목격한 일인데, 너무 긴장한 나머지 대사를 자꾸 더듬는 단역 배우에게 감독이 대본을 집어 던지며 한 말이다. 당시 기라성 같은 주, 조연 배우들이 다 함께하는 신이었기에 촬영이 지연되게 여러 차례 NG를 내는 그 단역 배우를 향한 원성이 극에 달했다. 촬영장을 책임지는 감독으로서 그러한 분위기를 대신 짊어질 수밖에 없었을 테지만 많은 사람이 보는 앞에서 촬영장에서 내쫓겨 되돌아가는 길에 그 단역 배우는 얼마나 울었을까. 부디 그 어린 배우가 감독의 한마디에 꿈을 포기하지 않고, 이를 악물고 더 좋은 배우가 되어 두 번 다시 촬영장에서 그런 수모를 겪지 않기를 바랄 뿐이었다.

워낙 바쁘고 정신없이 돌아가는 촬영 현장이기도 하지

만, 비단 촬영장뿐 아니라 어디든 세상은 넓고 정말 다양한 사람이 존재한다. 모두 나에게 예의를 갖추고 친절하게 호의를 베풀 거라 기대하는 것은 착각이고, 현실은 가시밭이다. 이미 어린 시절 다양한 경험을 하며 그 과정을 지나왔기에, 나는 다시 한번 가시밭길을 걸으며 묵묵히 버텼다. 어디서 어떤 일을 하든 항상 자리를 잡기 위한 시간이 필요하다는 것을 알고 있었기에, 내가 이 세계에 익숙해지고 인정을 받기까지는 조용히 배워나가고자 했다. 옛말에 시집을 가면 '장님 3년, 귀머거리 3년, 벙어리 3년'으로 지내야 한다는 말이 있다. 이건 사회생활에서도 역시 적용된다고 배우며 자라 왔기에 그저 무슨 일이든 꾸준히 10년만 시간을 보내면 빛을 받는 날이 온다는 막연한 믿음이 있었다.

삼십 대 초반에 배우가 되겠다고 나섰을 때, 놀리는 사람도 있었다.

"그 나이에? 너무 늦은 나이에 연예인 병 생긴 거 아니야? 관심받고 싶니?"

'늦은 나이'가 아니라 내가 하고 싶은 일을 정확히 알고 추진할 수 있는 딱 '적당한 나이'였다. 나는 '연기를 하며 다양한 인생을 살고' 싶었지 '연예인'이 되고 싶은 게 아닌데 말이다. 나는 꿈은 명사가 아니라 동사여야 한다고 생각한다. '배우'가 된다는 것은 나중 일이다. 내가 충분히 내 가치를 증명해서 내 연기에 대한 값으로 출연료를 받고 생계를 유지할 수 있을 때 배우가 되는 것이지, 다짜고짜 나를 배우로 인정해 달라고 하는 건 욕심이다. 나는 '연기를 하다'라는 나의 동사로서의 꿈을 이루는 과정에 있었고, 그 과정에서 내게 돌아오는 수많은 상황, 사람, 관계, 대우는 마땅히 감내하기로 했다.

그렇게 누구도 기억하지 못하고 출연료조차 떼이기 일쑤였던 아주 작은 역할부터 차곡차곡 필모그래피를 쌓아갔다. 처음에는 경력 한 줄 없던 내 조악한 배우 프로필이 차츰 출연 작품들로 채워졌다. 출연했던 영상들을 모아 프로필과 함께 돌리면 또 다른 오디션 기회가 생겼다. 그렇게 오디션을 보고 역할을 따내며 점점 출연작과 분량도 많아졌다. 남들은 매니지먼트 회사도 없이 어떻게 혼자서 그렇게 다 하냐고 하지만, 그저 현장에서 혼자이고 챙겨야 할 일이 조금 더 많을 뿐 못 할 것도 없었다.

연기는 기본이고 의상, 메이크업 등 필요한 것들을 잘 준비해서 직접 운전해 현장에 도착하고, 먼저 도착한 선후배와 제작진, 스태프들을 챙겼다. 촬영장이 지방이면 집을 떠나 숙식을 해결하며 내게 주어진 연기를 잘 소화하기만 하면 된다. 연기를 하는 부분을 제외하면 나머지는 경호 행사를 다니던 경호관 시절과 다를 바 없다. 아니, 오히려 경호 대상이 없이 나 하나만 챙기면 되니 이보다 쉬운 일도 없다. 누구보다 빠른 길을 이용해 촬영장에 최소한 한 시간 먼저 도착해 아저씨처럼 너스레를 떨며 사람들과 어울리는 것 역시 10년간의 경호관 경력이 길러준 자산이기도 했다.

오디션을 보고 난 후 소위 "찢었다!", 정말 후회 없이 모든 걸 다 불태워 남김없이 보여주고 나왔다는 생각이 들면서 오디션 결과에는 크게 미련이나 아쉬움을 두지 않게 됐다. 대부분의 오디션에서는 연기력보다 염두에 둔 그 배역의 이미지가 크게 작용한다는 걸 알게 되었고, 내가 맞는 또 다른 배역의 오디션 기회가 반드시 올 거라는 믿음을 가지고 꾸준히 나아간다. 더러는 전혀 생각지 못 한 배역을 맡게 되어 내게 이런 얼굴도 있다는 걸 발견하는 기쁨도 있다.

최근 내가 출연한 드라마의 일부 장면이 SNS에서 '이렇게 살지 맙시다'라는 제목의 인기 영상으로 화제가 되었다.

"언니, 이거 언니예요? 대박!"

"아니, 나 이거 몇 번이나 보면서 욕했는데, 수련 씨인 줄 몰랐잖아! 알고 봐도 모르겠네."

"어? 나 그 드라마 기억하는데, 그게 수련 씨였어요?"

하루에 세 번을 같은 치킨집에서 치킨을 배달시켜 먹는 진상 고객의 역할이었는데, 나는 서문에 이야기한 배달 노동자로서의 경험을 최대한 살려, 내가 겪은 최고의 진상 손님을 연기했고, 그 결과 인터넷에서 돌아다니는 출연 영상의 댓글은 내가 맡은 배역을 욕하는 내용이 태반이었다.

"저 여자 진짜 재수없다. 꿈에 나올까 봐 짜증 남."

"현실 반영 제대로네! 연기 완전 잘한다. 상대방 하대하는 저 눈 부라림, 너무 싫다."

나는 그게 그렇게 좋을 수가 없었다. 내가 연기한 배역을 사람들이 나와 전혀 일치시키지 못하는 것도 좋았고, 드라마를 본 모든 사람들이 그 상황에 몰입해 내가 맡은 배역을 미워하는 것도 좋았다. 그동안 내게 주어졌던 틀, 내가 살아온 인생과 전혀 상반되는 이미지를 내 안에서 발견한 것도 좋았고, 내가 그걸 더없이 잘 표현해서 호평(연기로서의 호평, 배역으로서의 혹평)을 받는 건 더없는 즐거움이었다.

이제 나는 연기를 하며 매일 내 꿈을 이루고 있다. 연기를 하며 다양한 인생을 경험해 본다는 것, 그리고 이제 내 꿈은 명사도 되었다. 나는 연기로 그 값어치를 하는 배우가 되었고 이제 어디에서도 '경호관'보다 '배우'라 불리는 데 스스로 부끄러움이나 어색함이 없다. 예쁘고 사랑받는 역할만 맡아 인기와 유명세를 얻는 게 아니라 도처에 있을 법한 모습을 표현하고 공감을 받는 배우, 사람들이 나인지 알아볼 수조차 없는 수많은 색깔을 연기하는 배우, 그게 여전한 내 꿈이다.

Chapter 04

목표를 향한 백발백중의 팁,
조준선, 공격발, 여유

내게는 그렇게 경험한 것들을
연기로 녹여내 사람들의 마음을 울릴
설레는 내일이 있고,
무엇보다 나라는 사람이 쌓아온 가치는
모질었던 만큼 더없이 단단하니까.

01

직업을 바꾸고
가장 좋았던 게 뭐예요?

"밖에서 맛있는 거 먹으라니까 왜 여기까지 와서 굳이 라면을 먹는 건데!"

"그럼 어떡하니? 나는 이게 제일 맛있는데."

숙소에 도착하자마자 라면 물을 올리는 엄마에게 참지 못 하고 소리를 지른다. 한국을 떠나오기 전 며칠을 검색해 리스트를 뽑아 모시고 간 레스토랑.

"이건 한국 돈으로 얼마니? 아유, 비싸! 이 소꿉장난 같은 게 뭐가 그렇게 비싸? 짜기만 하고, 먹을 것도 없구먼! 아니, 여긴 물도 공짜로 안 준다니?"

메뉴판을 보며 핀잔을 늘어놓더니 장장 14시간 비행기

를 타고 날아온 이 스페인 땅에서 엄마는 그저 라면이 제일 맛있다고 한다. 그 모습이 속상하고 서운해서 마음 같지 않게 또 한바탕 퍼붓자 엄마도 마음이 상했는지, 먼저 방으로 들어가버린다. 엄마도 속상하고 나도 속상하다. 큰맘 먹고 엄마랑 단둘이 온 해외여행인데.

대학교를 졸업하자마자 경호실에 입사했고, 직무상 언제든 출동이 가능한 청와대 인근 관사에서 거주한 탓에 가족들과는 떨어져 산 시간이 길었다. 늘 행사 출동 상태 아니면 회사에 있으니 끼니도 그 안에서 해결했다.

"뭐 먹고 싶은 거 없어? 엄마가 밑반찬 좀 해다 줄게."

"아휴! 누가 먹는다고. 나 집에 있는 시간 거의 없어. 아무것도 해다 주지 마요."

뭐라도 챙겨주고 싶은 엄마의 마음을 단칼에 잘라 버렸고,

"이번 주말에는 집에 좀 오니?"

"내가 주말이 어디 있어? 출장이지."

"어디 가는데? 무슨 출장?"

"뭘 물어요? 뻔하지, 보안이야!"

바빠서 얼굴도 잘 못 보는 딸에게 전화라도 할라치면 '보

안'이라는 말로 역시 단번에 끊어버리는 일상이었다. 공휴일이건 연휴건 이틀 이상 쉬는 게 눈치 보이던 그때는 내 일신이 피곤하고 신경이 잔뜩 곤두서 있는 탓에 가장 편한 가족들에게 그 긴장을 풀었다. 내가 보고 싶으면 인천에서 차를 몰아 청와대 인근까지 와서야 몇 시간 비로소 함께 식사를 했는데, 그마저도 마음 편히 여유롭게 누리지 못했다.

"수련아, 오늘 저녁에 몇 시 퇴근하니? 아빠가 회사 근처로 갈게, 같이 저녁 할까?"

며칠 있으면 복날이라며 얼굴도 잘 못 보는 딸에게 보양식이라도 사주시려는 아빠가 청와대 근처까지 와서 함께 저녁을 하기로 한 날이다.

"이 경호관, 오늘 저녁에 실장님 주관 격려 회식 있는 거 알지?"

"네? 지금 들었습니다. 저 아버지가 회사 근처에 오셔서 함께 식사하기로 했습니다."

"조금 전에 결정됐어. 네가 경호안전통제단 대변인인데 빠지면 말이 되나? 아버지께 조금 늦는다고 말씀드리고 회식에 들렀다 가."

그날 아빠는 홀로 텅 빈 테이블을 마주하고 두 시간을 기다리시다 비로소 회식에 들렀다 나온 내가 도착해서야 서

둘러 한 끼를 급히 드시고 가셨다. 그나마도 회식에서 먼저 빠져나온 탓에 끊임없이 울리는 전화에 아빠는 혹여 내게 미운털이라도 박힐까 싶어 먹는 둥 마는 둥 뜨거운 음식을 후루룩 드시고 서둘러 가셨다. 그때는 진짜 내가 속한 조직, 내가 하는 일이 서운하고 미웠던 것 같다. 모셔다드리지도 못 하고, 내가 뭐 얼마나 대단한 일을 한다고 가족에게 이렇게 소홀히 한단 말인가.

아무튼 그런 나날이 지속되다 보니 알게 모르게 그런 거리감에 익숙해져 버린 것도 같다. 회사를 그만두고 나와서도 혼자에 익숙한 나날이었고, 불쑥 일정이 비고 마음이 내키면 혼자 여기저기 여행가서 몇 달씩 살고 왔다. 갑자기 떠난 스페인에 마음이 꽂혀 몇 달간 혼자 지내다 왔을 때, 엄마가 내 여행 사진을 보시며 갑자기 혼잣말하듯 말씀하셨다.

"엄마도 스페인은 한 번도 못 가봤는데. 좋았겠다. 멋지네."

아, 나는 한 번도 엄마랑 같이 여행을 가본 적이 없구나! 국내는 물론 전 세계를 누비며 좋다는 곳은 다 가보고 최고의 의전과 경호를 했던 딸은 정작 가장 소중한 가족과는 그

엄마와 단둘이 간 첫 스페인 여행

런 경험을 공유한 적이 없었다. 나는 바로 마음을 먹고 '스페인 행사 계획(?)'을 작성했다. 이제는 더 이상 지체할 이유가 없었다. 시간도 여유도 그리고 부모님의 체력도. 다행히 불과 얼마 전 머물렀던 탓에 내가 체험한 최고의 코스로 여행을 준비했다.

항공편, 숙소, 맛집, 관광명소. 아쉽지만 여전히 일이 바쁜 아빠를 뒤로하고 엄마와 처음으로 단둘이 떠난 여행은 나의 과도한 열정과 욕심으로 일궈낸 "앞으로 앞으로"의 연속이었다. 나는 현지 분위기를 백 배 즐겨야 한다며 엄마와 함께 기차를 타고 지방을 다니고, 지하철을 타고 명소를 돌았는데, 하루 2만 보는 기본이었다. 힘들고 피곤도 하련만, 엄마는 딸과 처음 떠난 둘만의 여행에서 행여 한순간이라도 놓칠세라 마냥 들뜬 얼굴로 눈에 담고자 애썼다. 엄마는 다리 아프다는 말 한마디 없었지만, 어쩌다 들른 카페테리아에서 상그리아 한 잔에 말없이 피로를 달랬고, 영어도 잘 안 통하는 유럽에서 행여 딸과 떨어질까 한껏 긴장한 상태로 나만 보며 걸었을 테지만 소녀처럼 설레셨다.

음식이 입에 맞지 않는 것은 당연한 일이고, 마음처럼 안 되는 체력을 배려하는 것이 당연한 건데 왜 나는 VIP를 경호할 때처럼 엄마를 배려하지 않았는지 후회됐다. 여행을

엄마와 단둘이 간 첫 스페인 여행

준비하며 각종 산해진미로 맛있다는 곳만 엄선해서 리스트
를 추렸건만 숙소에 돌아오자마자 한국에서 가져온 라면을
맛있게 끓여 먹는 엄마에게 서운한 마음이 앞섰다. 그래도
마치 어린아이처럼 나를 놓치면 길이라도 잃을까 봐 전전긍
긍하던 모습이 떠올라 마음이 아려왔다. 에잇! 무뚝뚝한 딸
내미 같으니. 진심을 담아 사과하고 다음 날은 또 사이좋게
손잡고 몬세라토 정상까지 올라갔다. 함께 어시장에서 처음
보는 요리법에 정체를 알 수 없는 생선도 맛보고, 밤바다를
마주하고 와인도 한잔하며 그렇게 엄마와 데면데면 감정을

마주했다. 내가 생각해도 까칠하고 재수 없는, 경호관이었던 딸을 뒤로하고, 이제는 좀 더 엄마의 마음을 공감하는 딸로 함께하겠다고 다짐했다.

　경호실 생활을 뒤로하고 얻게 된 가장 큰 기쁨은 바로 나에게 진정으로 의미 있고 소중한 것들에 집중할 수 있게 된 여유다. 누군가 인생을 누리기에 '시간이 있을 때는 돈이 없고, 돈이 있을 때는 시간이 없고, 시간과 돈이 모두 있을 때는 체력이 없다'라고 탄식했다던데, 그 모든 걸 다 여유롭게 갖추고 누리기는 당연히 힘들 것이다. 다만, 경호원을 그만두고 직업을 달리 준비하는 기간, 마냥 앞만 보고 달렸으면 몰랐을 내게 소중한 사람들을 돌아볼 수 있는 여유를 갖게 된 것이 가장 소중하고 감사했다.

　배우를 준비하는 과정에서 조바심이 날 때도 있었지만, 가장 큰 힘이 된 것 역시 가족과 내가 사랑하는 사람들의 응원이었다. 특이한 경력에 주목받는 일을 하면서 세상의 관심이 쏟아질 때면 그 안에는 반드시 수많은 나쁜 의견도 있게 마련이다. 그리고 언제나 수많은 좋은 의견보다는 얼마 되지 않는 나쁜 의견에 마음이 쓰인다. 지금 연기를 하고 많은 방송에 출연하며 노출되는 내 영상들에도 많은 댓글이 달린다.

"연기가 좋아요, 정말 열심히 사시는 듯, 열정적인 모습에 감동받아요."

이와 같은 수많은 호평보다 연기와 관련 없는 몇 안 되는 댓글에 눈이 간다.

"언제까지 경호실 이력 팔아먹으려고? 연기자 하기에는 한참 부족한 외모인데 주제를 모르나 봐. 안정적인 자리 박차고 나와 고생하는군. 꼴좋다."

나도 사람인지라 그 의견들이 얼마나 객관적이고 합리적인지를 떠나 상당 기간 마음 한구석에 남아 그늘을 만든다. 그럴 때면 마음을 가다듬고 내 인생에 가장 중요한 게 무엇인지 생각한다.

단연코 내 인생에 가장 중요한 것은 나 자신이다. 흔히 말하는 대로 인생이 영화라면, 나는 나의 삶을 한 편의 클래식한 고전영화로 만들고 싶다. 순간의 관심과 인기에 편승한 짧은 숏폼(Short-form : 정보습득은 물론 재미까지도 빠른 시간 안에 즐기고자 하는 젊은 세대들에게 인기를 얻고 있는 짧은 길이의 영상 콘텐츠)이 아닌 오래 기억되고 회자하는 불후의 명작으로 만들고 싶다. 내가 만드는 내 인생이라는 영화의 콘텐츠는 내가 살아가는 모습이고, 그 영화의 감독, 작가, 제작자, 투자자 그리고 주인공을 연기하는 배우 역시 나다. 내가 그려가는 내 작품에 가장 중요한 것은 나의 의견, 의지, 목표, 생각이지 거기에 발조차 담그지 않고 스쳐 가는 다른 사람이 아니다.

그리고 두 번째는 나의 사람들이다. 진심으로 아무런 대가 없이 나를 지지하고 잘되기를 바라고 응원하는 가족과 나의 친구들. 만약 다른 사람의 의견에 영향을 받는다면, 나는 소중한 사람들의 의견에 집중할 것이다. 나를 잘 알지 못하는 사람들이 무심코 내뱉는 수많은 말보다 나를 진심으로 생각하고 아끼는 사람들이 고심 끝에 내어 놓는 한 마디가 훨씬 중요한 것은 말할 것도 없다. 그래서 나는 내 인생에 주, 조연의 비중을 차지하는 그들과의 시간에 많이 공들이기로 했다.

"아빠, 말만 해! 무슨 인형 따줄까요? 곰 인형? 토끼? 저거 큰데 업고 가실 수 있겠어요?"

북적이는 젊음의 거리. 아빠와 길을 걷다 거리에 마련된 사격장을 보고 발을 멈춘다. 경호실에서 다진 실력을 바탕으로 모형총을 들어 자세를 취한다. 점수가 높으면 딸 수 있는 경품이 뭔지 훑어보며 허세도 부린다. 어려서부터 꾸

짖는 눈빛, "이놈!" 한마디에 하던 걸 멈추고 꼼짝없이 눈치를 볼 정도로 한없이 무섭고 엄하기만 했던 아빠이기에 살갑게 애교를 부리지는 못하지만, 이제는 스스럼없이 장난도 쳐본다.

"저놈 저거, 내가 딸만 둘인데 어디서 아들 같은 게 하나 생겼어."

사격부심을 부리는 내게 아빠는 너털웃음을 짓는다. 딸만 둘, 곱게 키워 여대까지 보냈는데 경호실 생활을 거치더니 식성부터 하는 양까지 선머슴 같아진 내가 아빠는 안쓰러운 동시에 반갑기도 하다. 베트남 전까지 참전했던 아빠와 군대에서 받는 이런저런 훈련 얘기도 하고, 심지어는 군대에서 축구한 얘기, 낙하산 메고 뛰어내린 얘기에 여자만 셋인 집에서 함께하기 힘들던 아재 식성의 음식들까지 나누며 즐거워하신다.

남들이 만류하던 안정적인 직장을 그만둠으로써 나는 내게 진짜 중요한 것들이 무언지를 점검하고 넘어갈 수 있는 정거장을 제공했다. 시간이 없다, 여유가 없다며 마냥 눈앞에 주어진 상황에 쫓겨 시간을 보내던 일상에서 벗어나 나와 내 주변에 집중하면서 나는 아마 내 인생의 최종 목표에 도달하는 조준선의 오차를 조금 더 줄인 것 같다.

02

후회한 적은 없어요?

"인생을 돌이켜 되돌리고 싶은 순간이 있어요?"

단언컨대 없다. 나는 살면서 단 한번도 되돌아가고 싶은 순간이 없다. 다시 그 시절을 상기하는 것만으로도 진저리가 쳐질 정도로 매 순간 더할 나위 없이 최선을 다했기 때문이다. 잠깐 엄마와의 스페인 여행 때 성질 좀 덜 낼 걸 후회하며, 그때로 되돌리고 싶은지 생각해 보았지만 그것도 아니다. 나는 다시 돌아가도 최선을 다해 엄마에게 더 많은 곳을 보여드리고 더 맛있는 것을 드시게 하기 위해 조금 더 완곡한 표현으로 주장을 굽히지 않았을 것이기에.

그만큼 나는 열심히 산다. 무엇을 해야 할지 막막한 순간에도 그냥 눈앞에 내가 당장 해야 할 일들에 공들여 최선을 다한다. 참 신기하게도 그렇게 하다 보면 내가 치러낸 눈앞의 일들이 차곡차곡 쌓여 나를 생각지도 못했던 곳으로 이끌어 준다.

10년간 경력을 쌓아온 경호실을 그만두었을 때, 나는 딱히 어디로 이직한 것도 아니고, 무작정 배우의 길을 목표로 했기에 30대 나이에 그 흔한 명함 한 장 없었다. 어디에 가서 나를 소개할 때 현직에 있을 때도 보안이었던 전직을 팔기도 뭐했고, 그냥 백수에 불과했다. 반년을 훌쩍 넘긴 배낭여행을 다녀온 후에는 더 그랬다. 연기학원을 전전하면서 시간도 남는 터에 세계 유랑을 다니며 신세를 진 나라의 친구들에게 감사 이메일도 돌리고, 현직에 있을 때는 보안 및 시간상 여유로 식사 한 번 제대로 못 한 주한 대사들과 작별(?) 인사도 나눴다. 앞서도 이야기했지만, 경호관 시절에 국빈 담당 업무를 많이 했고, 또 각국의 경호기관들과 소통을 담당하던 연락관이었기에 업무를 마무리하는 차원에서 내가 더 이상 같은 일을 담당하지 않는다는 것을 알릴 필요가 있었다.

"이런! 어떻게 하지? 이번에 우리나라의 한 기업 대표가 한국에 출장가는데 왕족이기도 해서 혹시 도움을 줄 수 있는지 부탁하려고 했는데."

"왕족이라면 업무 현안이나 위험 정도에 따라 해당 기관으로부터 도움을 받을 수 있잖아."

"거기에 해당되지 않거든. 혹시 이미 다른 일을 하는 게 아니라면 좀 도와줄 수 있어? 초청한 한국 기업에서 준비한다지만, 내게는 중요한 VIP라서 믿을 만한 의전 담당자가 필요해. 한국통으로 소문나 있는데, 차질이 생기면 내가 곤란해진다고."

수년간 서로의 나라를 오가며 친분을 다져온 외국의 한 경호 기관 대표로부터의 부탁이었다. 안 될 게 뭔가? 당장 연기학원에 가는 일정을 빼면 남는 게 시간이었고, 무엇보다 내가 인생에서 가장 중요하게 생각하는 세 가지, '인성, 예의, 의리' 모두에 부합하는 일이었다. 도움이 필요한 친구에게 내가 할 수 있는 것들을 해주는 데 큰 부담도 없었다. 나는 친구가 보내온 보안 일정을 검토하고 일정 및 방문 장소, 이동 코스 등을 수정해 주었고, 해당 인사가 한국을 방문한 내내 일정을 함께하며 의전과 통역을 도와주었다.

"덕분에 너무나 편안한 일정이었고, 한국에 있는 내내 행복했습니다. 다음 달에 이웃 나라(업무 특성상 구체적인 나라와 인물의 이름을 밝히지 않는다)에 있는 내 친구가 한국을 방문하는데 그때도 혹시 함께해 줄 수 있나요?"

방한 기간 무탈한 일정을 소화하고 돌아간 친구의 VIP는 내게 또 따른 부탁을 해 왔고, 방한 일정을 수행하면서 그와도 친구가 된 나는 또다시 친구의 부탁을 들어주기로 했다.

한국에는 이미 많은 사설 경호업체나 통역, 의전 서비스를 담당하는 업체들이 있지만, 대통령 경호실 10년의 경력에 대관(代官, Public-affairs), 의전, 통역, 경호, 보안을 모두 아우를 수 있는 담당자는 전무했다. 다년간 내가 청와대에서 활동하는 모습을 두 눈으로 직접 지켜보고 함께해 온 각국의 경호 담당자들과 주한 대사들은 지속적으로 내가 해당 업무를 담당해주기 원했고, 시간도 남고 친구와의 의리도 소중했던 나는 경호 등급상 (방한 외빈은 중요도와 위험도에 따라 경호실 혹은 경찰 등 공기관의 경호를 받는다.) 경호실의 경호 대상에 해당되지 않는 방한 외빈들의 일정을 수행하는 것을 도왔다. 돈을 벌겠다고 시작한 일은 아니었지만 여러모로 지난 경력을 살려 국익도 창출하고 무엇보다 내게 도움을 주었던 친구들과의 친분도 지속할 수 있는 일이었기에 이런 일은 지속되었고, 이것이 경호실을 그만두고 뜻밖에 내게 주어진 첫 번째, '뭐 해 먹고 살지'의 해결책이 되었다.

경호실을 그만두고 나올 때 사실 나와서 뭐 해 먹고 살지에 대한 고민은 없었다. 적은 나이도 아니고 사회 초년생도 아니었기에 내가 하고픈 연기라는 일이 남의 인정을 받고 잘 풀리지 않는 한 안정적인 밥벌이가 되지 않을 거라는 현실은 이미 고려했다. 하지만 일단은 그간 열심히 달렸으니 하고 싶은 일 하면서 쉬어 보자는 마음이 제일 컸고, 정할 것 없으면 태권도장이나 영어학원을 차릴까도 막연히 생각했다. 젊은 나이에 주유소, 편의점 아르바이트든 택시 운전이든 못 할 게 뭐 있나, 마음만 먹으면 밥 굶고 살 일은 없다는 주의였다. 회사를 그만두고 제일 먼저 배낭여행으로 세계를 떠돌면서는 현지에서 관광가이드를 하면서 배우로 데뷔할까도 심각하게 생각할 정도로 여행이 좋았다. 하지만 이 모든 게 당장 수중에 있는 얼마 안 되는 퇴직금이나 지나온 경력을 바탕으로 한 안일한 자신감에서 비롯된 건 아니었다.

나는 경호실을 그만두는 순간 바닥을 칠 각오가 되어 있었다. 배우로 전향하고 나서도 모 다큐멘터리 프로그램을 통해 경력이 공개되기 전까지 내 경호관으로서의 이력을 노출하지도 않았고, 그저 30대 늦깎이 배우 지망생으로 살았

다. 늦은 나이에 뭐 하는 짓이냐는 핀잔이나 한심해 하는 눈
빛도 아무렇지 않았다. 그들이 보는 것은 당장 아무것도 아
닌 나지만, 내가 보는 것은 경호실의 내공을 간직하고 앞으
로 날아오를 내일의 나였다. 근거 없는 자신감이나 허황된
꿈이 되지 않기 위해 경호실에 있을 때처럼 일상을 계획했
고 그대로 나를 굴렸다. 새벽에 일어나 현직 경호관처럼 운
동했고, 국제안보학 석사인 전공을 살려 외국어는 물론 각
국의 현안들을 놓치지 않고 계속 공부했다.

"아이고, 10년이나 있었으면서 아까워서 어떡해? 그 경
력을 다 버리고 나오다니……."

지나고 보니 나는 아무것도 버리고 나온 게 없다. 경호
실에서 배우고 갖춘 모든 것을 다 가지고 나왔다. 그 안에서
배웠던 것들, 만났던 사람들 그리고 내 것이 된 생활 습관까
지, 내가 지나온 시간들은 또 한 번 내게 새로운 길을 열어
주었다.

"이수련 씨만큼 저희 제품을 잘 소개할 수 있는 사람
이 없을 것 같네요. 현장에서 직접 총기류를 다뤄보셨고
영어도 잘하시는 데다 국내외 관련 업계에 인맥도 많으시

대한민국 방위산업 전시회

잖아요."

　한국에서 각종 무기류를 제작, 수출하는 업체에서 각종
방위산업전시회에서 제품을 소개하고 홍보해 달라는 업무
제안이 들어왔다. 제품은 작은 규모의 총기류나 호신용품
에서 시작해 군수 무기나 드론, 통신장비에 이르기까지 다

양했다. 그동안 트렌드를 놓치지 않고 공부하며 쌓아온 지식과 그것을 바탕으로 관계기관 간 회의에서 통역 및 회의를 주도했던 것들이 입소문을 탔고, 새로운 일거리를 가지고 돌아왔다. 대한민국 방위사업전(DX : Defense-expo)에서 국방부 장관, 각 군 참모총장과 주한 대사들에게 우리나라의 무기를 소개한 것은 물론, 지속적으로 내게 청혼해 왔던 외국 친구가 이제는 자국의 군수산업을 대표하는 위치가되어 제작한 무기들의 앰버서더가 되어 달라는 요청을 받아 외국의 무기 전시회에 다녀오게 됐다. 딱히 경제적인 목표로 시작한 일은 아니지만, 고맙게도 수익도 발생하는 데다내가 해 온 일들에 대한 끈을 놓지 않는 즐거운 일이다.

"그런 특별한 경력이 있으니까 그렇게 된 거잖아! 일반 사람들한테 그런 기회가 생기겠어?"

이 책의 서두에서 언급했듯 나는 신체적·경제적·정신적 결핍으로 만들어진 평범한 사람이다. 만약 내가 살아가는 하루하루가 행운이고, 뜻밖의 기회이며, 비범한 것으로 보인다면 그건 내게도 그렇다. 다만 내가 확신하는 것은, 이러한 뜻밖의 일들은 매일 그저 눈앞에 순간을 흘려보내지 않고 뭐라도 하려고 애썼던 고군분투의 시간이 데려다준 오늘이다. 이건 내가 특별해서가 아니라 그 누구에게나 찾아올 수 있는 내일이라는 것이다. 나는 그저 매 순간 최선을 다해서 시간을 보냈을 뿐이다.

"내가 감히, 어떻게? 할 수 있을까? 못 하면 어쩌지? 나한테 실망하면 어쩌지?"

"내가 어때서? 나라고 왜 못 해? 안 되는 이유가 뭔데? 못하면 또 어쩔 건데?"

나는 오늘도 고민한다. 이 질문들 사이에서……

매일 불안하고 매 순간 고민하며 언제나 두렵다. 하지만 그런 순간에 불안감으로 전전긍긍하기보다는 내가 할 수 있

대한민국 방위산업 전시회

는 걸 한다. 누군가 말했다. 걱정할 시간에 기도하라고.

"내가 이렇게 열심히 했는데 왜 안 도와주는 거예요?"

나는 그 어딘가에 신이 있다면 내 미래가 잘 풀리지 않을 때, 따져 물을 수 있을 정도로 그냥 당장 눈앞에 주어진 걸 열심히 한다. 그리고 내일을 기다린다.

03

내가 감히 어떻게?

"저 눈에서 레이저 나오나요? 누가 봐도 덤비면 안 될 것 같은 체구를 가졌나요? 처음 봤을 때 인형인가 싶어 헉, 소리가 나올 정도로 예쁜가요? 셋 다 아니죠. 이런 제가 대한민국 1호 여성 대통령 경호관이었고, 여러분이 즐겨보시는 드라마의 배우입니다. 오늘 저는 여러분께 '저런 사람도 하는데 나라고 왜 못 해?'라는 자신감의 발판이 되어 드리기 위해 왔습니다."

강연을 다니고 방송에서 이런 이야기를 하게 될 때 나는 언제나 이렇게 시작한다. 많은 이들이 내게 궁금해하는 부분은 단연 '어떻게'다.

"어떻게 안정적이고 좋은 직장을 그만두고 새로운 도전을 할 결심을 했어요?"

"새로운 일을 시작하며 힘든 일들을 어떻게 견뎌냈어요?"

"전혀 연고도 없는 일을 시작했는데, 어떻게 여기까지 이뤄냈어요?"

이제까지 이야기한 바와 같이 나는 많은 것을 가지고 태어나지도 않았고, 좌절 없이 성취만을 이루며 살아오지도 못했다. 매번 실패하고 상처받고 결핍에 서러워하며 살아왔다. 특별하지도 남다르지도 않은, 옆에 한 명쯤 있을 법한 평범한 누군가이다. 사실은 인생의 어떠한 도전을 말려주기를, 길을 벗어나서는 안 되는 이유를 찾아주기를 기대하며 망설이고 있을지 모를 대부분의 사람들과 다르지 않다. 모든 해답은 이미 자신의 마음속에 있다. 어쩌면 사람들은 이미 마음의 결정을 내려놓고도 혹시 모를 수많은 변수를 생각하며 내가 자신의 해답에 근거가 되어 주길 바랄지도 모른다. 다시 한번 말하자면 특별할 건 없다.

"도대체 저 사람은 어떻게?"

그런데도 여전히 궁금해할 사람들을 위해 내가 언제나 잊지 않고 사는 세 가지를 이야기해본다.

첫째, 눈치 보지 말고 자신을 봐라. 내 삶에 있어 흔들리지 않는 중심을 잡기 위한 첫 단계는 남을 신경 쓰지 않고 내 마음을 잘 들여다보는 것이다. 사람들은 개인적, 사회적 성장 과정을 거치며 자연스럽게 다른 사람의 마음을 헤아리고 그들의 눈치를 살피며 배려하는 감각은 발달하지만, 정작 자신의 마음이 무엇을 원하고 어떻게 느끼는지 깨닫고 해결하는 데는 퇴보한다. 둔감해지려고 애쓰는지도 모른다. 당장 그것이 마주하기 힘들기에, 어떤 이유에서든 둔감해지려 애써 무시할지라도 결국 언젠가는 나의 마음이 원하는 바를 직시해야 하는 순간이 온다. 자신의 의무와 책임을 먼저 생각하고 남을 배려해서 눈치 보며 살아온 착한 어른일수록 그 순간은 돌고 돌아 늦게 찾아온다.

"커서 뭐가 되고 싶어?"

어릴 적 많은 어른들이 장래 희망을 물을 때 '무엇'이 되고 싶은지 물었고, 나는 내가 되고 싶은 그 '무엇'이 내 장래 희망, 꿈, 미래라고 생각했다. '무엇'은 명사다. 나는 내가 뭐가 되고 싶은지, 그 직업을 지칭하는 명사가 곧 내 꿈이라고 여겼다. 틀렸다. 꿈은 명사가 아니라 동사다. 내가 무슨 일을 할 때 행복한지, 무엇을 할 때 기쁘고 즐거운지 먼저 알아야 한다. 내가 좋아하는 일이 무엇인지, 내가 무엇을 할 때 스스로 뿌듯하고 보람을 얻는지 생각해 보아야 한다.

의사가 되고 싶은 게 아니라 아픈 사람을 고쳐주고 건강하게 해 주는 일이 좋아서 의료인이 되어야 한다. 관심을 받고 인기를 얻는 연예인이 되고 싶어서가 아니라 연기를 통해 다양한 인생을 이해하고 공감하는 게 좋아서 배우가 돼야 한다. 노래로 사람들에게 감동과 울림을 전하는 게 좋아서 가수가 돼야 한다. 공부 잘하니까 의사가 되라고 해서 되었는데 평생 아픈 사람을 만나 환부를 보고 수술하는 일이 스트레스가 될 수도 있고, 관심을 받고 싶어 연예인을 희망했는데 정작 자기가 하는 예술 활동에서는 의미를 찾지 못하고 악성 댓글에 스트레스를 받고 휘둘린다면 행복해질 수 없다는 건 기정사실이다.

내가 겪어온 지난 직업으로 일례를 들자면, 공무원이 되고자 하는 사람은 국가를 위해 '봉사하는' 일에서 의미를 찾아야 한다. 내가 택했던 '경호관'이라는 직업 역시 국민이 뽑은 대통령이라는 국가 수반을 위해 개인의 일상이나 여유 등 많은 부분을 포기하고 스스로를 단련하고 경호해야 하는 사명감이 뒷받침되어야 하는 일이다. 워라밸을 중요시하고, 퇴근해서 개인 시간을 가지는 것이 중요하고, 주말이 보장되고, 돈을 많이 버는 게 중요하다면 나라를 위해 헌신해야 하는 공무원으로서 행복할 수 없다. 본인뿐 아니라, 공무원에게 그러한 소명을 기대하는 국민들에게도 바람직하지 않다.

나는 처음부터 큰 뜻을 품고 경호관이 되지는 않았지만, 어릴 적 심장병을 타고나 일면식 없는 사람들로부터 수혈받아 건강해졌기에 언제든 기회가 된다면 그런 감사한 마음을 다른 사람에게도 되돌려 보답하고 싶다는 마음이 있었다. 그래서 국가 헌혈 유공장을 받을 정도로 기회가 될 때마다 정기적으로 헌혈을 해 헌혈증을 기부했고, 도움이 필요한 사람이 부탁하면 언제든 지정헌혈을 해 주기도 했다. 장기 기증 서약을 한 건 물론이고, 이런 일을 하는 나 역시 다른 사람들의 배려로 건강을 회복한 심장병 환자였다는 걸 숨기지 않고 배우가 되어 촬영할 때도 가슴의 흉터를 가리지 않는다.

나와 같은 수술을 한 자녀를 둔 부모님들이 경호관으로서 배우로서 떳떳하게 활동하는 모습을 보며 자녀를 키우는 데 큰 힘을 얻는다는 메시지를 받을 때면 뿌듯한 마음이다. 이러한 마음이 있기에 어차피 한 번 더 주어진 생명에 한 번 겪어야 할 죽음이라면 자연사, 돌연사, 사고사 같은 일반적인 것이 아니라 타인을 대신해 목숨을 바치는 것보다 의미 있는 죽음은 없다고 생각했다. 그렇다면 많은 사람의 바람이 만들어 낸 대통령이라는 국가기관의 안위를 위해 내 생명을 바치는 것보다 의미 있는 일은 없을 것이다.

그래서 나는 매 순간 긴장 상태로 경호했던 하루하루가 보람되고 행복했다. 다른 사람이 경호관이라는 직업을 멋지다고 생각해주기에 직업에서 만족을 찾은 게 아니라 그저, 내가 하는 일이 즐겁고 뿌듯했다. 배우가 된 지금도 마찬가지다. 남들이 나를 인정하든 안 하든, 지금 역할의 비중이 크건 작건, 매일 연기하며 내가 아닌 다양한 인생을 겪고 공감하고 표현하는 일이 좋다.

물론 행복의 기준을 나처럼 주관적인 데서 찾지 않고 다른 사람들에게서 찾는 이타적인 사람들도 있을 것이다. 일을 할 때 아무리 힘들더라도 그 일을 통해서 다른 사람이 기뻐하거나 다른 사람에게서 인정받는 데서 기쁨을 느낀다면 그 역시 또 다른 의미의 행복이 될 수 있을 것이다. 세상엔 수많은 사람이 있고, 각자가 느끼는 행복의 기준 역시 수만 갈래다. 무엇이 옳은 것도, 더 낫거나 별로인 것도 없다. 그저 그 판단의 기준을 세우고, 행복한 삶을 만드는 것도 자기 자신이기에, 자신이 진짜 원하는 것이 무언지 먼저 잘 들여다보고 귀 기울이기를 바란다.

둘째, 내가 원하는 바를 직시했다면, 그다음은 내 마음을 잘 보듬고 지지해야 한다. 사람들은 흔히 "내 인생의 주인공은 나"라고 말한다. 하지만 정작 인생의 주인공으로서 행동하는 사람은 많지 않다. 인생을 영화에 비유한다면 내 인생의 주인공도 감독도 작가도 제작자도 나다. 자신의 연출 방향이 맞는지, 연기가 제대로 됐는지, 자신이 쓴 대사가 옳은 것인지 끝없이 흔들리고 불안해하는 사람의 영화를 관객이 좋아하고 공감할 리 만무하다. 트렌드에 따르는 영화는 수명이 짧다. 반짝인기를 얻을지 모르겠지만, 빨리 사라진다. 내 인생이 그런 작품이 되어서는 안 되지 않겠는가?

나는 연기를 시작하고 수없이 많은 오디션을 봤다. 많은 배우들이 흔히 "오디션은 떨어지려고 보는 것"이라고 한다. 그만큼 선택받는 오디션을 보는 경우는 흔치 않다. 셀 수 없이 많은 거절과 무응답 속에서 만나는 단 한 번의 오케이가 관객과 만나는 하나의 작품의 기회가 될 정도로 배우들에게 오디션은 끝없이 이어지는 No의 연속이다. 대부분의 경우는 작품의 배역과 이미지가 맞지 않아서가 합당한 거절의 사유가 되는데, 배우를 시작한 초반에는 때로 이런 경우도 있었다.

"연기를 하기에 외모가 너무 평범하시네요."

"연기를 새로 시작하기에 나이가 너무 많으시네요."

그런 이야기를 듣고 돌아서서 나오는 내가 울었을까? 마음에 상처를 받았을까? 아니다. 돌아서서 나오는 길에 생각했다.

'예뻐서, 잘생겨서, 어려서 할 수 있는 역할만 있다면 그런 작품이 주는 감동은 안 봐도 뻔하지.'

세상에 어리고 외모가 멋진 역할만 등장하는 영화나 드라마만 있을까? 연기란 인생의 다양한 부분을 표현해야 하는 만큼 나이 대도 외모도 개성도 그것에 맞게 다양할 수밖에 없다. 평생을 연기라는 업을 해 나가겠다고 큰 뜻을 품은 나에게 그 정도 되지 않는 한계를 들이미는 이들은 깊게 생각할 이유조차 없었다. 나는 다양한 캐릭터를 연기하는 배우가 되고 싶은 거지, 호감 받는 주인공만 연기하는 연예인이 되고 싶은 건 아니었으니까. 내 연기력이 모자라 나를 거절할 게 아니라면, 내 나이나 이미지에 맞는 다른 역할이 있을 때 다시 찾으면 되는 거였다. '연기를 하기에' 내 나이나 외모가 모자란 게 아니라, '이 역할을 맡기에'라고 얘기하면 될 일이었다. 나를 저울질하는 다른 사람들의 판단 지표에서 어떤 당위성도 근거도 공감할 만한 기준도 찾지 못하는데, 그런 것들에 휘둘리거나 나 스스로를 깎아내리고 의기

소침할 이유가 없었다.

중요한 건 이러한 스스로에 대한 믿음, 나를 보듬는 마음이 근거 없는 자신감이 되어서는 안 된다는 거다. 난 언제나 "나는 왜 안 돼? 내가 뭐가 모자라서? 남들 다 하는데 왜?"라는 자존감과 "내가 뭐라고, 나는 준비되었나? 기회에 눈이 멀어 욕심을 내는 건 아닐까?"라는 냉정한 자기 객관화 사이에서 끊임없이 줄타기를 한다. 나에 대한 판단에서 가장 옳은 선택을 내릴 수 있는 것도, 나를 객관적으로 가장 냉정히 평가할 수 있는 것도 나 자신이다.

내가 원하는 일, 이루고자 하는 바를 향해 마음을 정했다면, 남이 감히 뭐라고 할 수 없도록 스스로 잘 준비하기 위해 노력해야 한다. 노력이든 열정이든 다른 그 무엇이든, 내가 원하는 것을 이루기에 나라는 사람이 충분한지, 잘 준비되어 있는지 확신할 수 있을 정도로 공들여 내 꿈을 가꿔야 한다. 그렇게 스스로 열심히 노력한 이상, 수많은 사람의 검증되지 않은 시선과 기준에 휘둘려 상처받을 필요는 없다. 누구보다 자기 자신을 사랑하고 아껴라. 그리고 내가 선택한 내 인생에 대한 평가의 고삐를 섣불리 남에게 쥐어주지 말아라.

마지막으로 숨은 아군을 찾아야 한다. 지나고 보니 내 마음에 해를 끼치고 상처를 입히는 것도, 나에게 힘을 주고 생각지 못 한 길을 열어주는 것도 모두 사람이다. 결국은 모든 게 사람이 하는 일이다. 경호관 시절, 밀접한 유관기관이었던 국가정보원의 원훈이 "우리는 음지에서 일하고 양지를 지향한다"였는데, 재밌게도 나를 지지하는 내 인생의 아군들은 늘 어딘가 보이지 않는 곳에 숨어있고, 나를 상처주고 공격하는 적들은 사방에 널려 있다. 그 아군을 드러나게 하고 활동하게 만드는 것은 나의 몫이다.

나는 지금 관사와 다름없는 최소한의 공간에서 산다. 연비가 좋은 작은 소형차를 타며, 액세서리며 장신구라고는 가진 게 없고, 옷도 사시사철 트레이닝복에 운동화뿐이다. 어릴 적부터 몸에 밴 소비 습관이기도 하지만 예쁜 옷을 사기보다는 그 옷이 어울릴 만한 멋진 몸을 만들고, 비싼 차를 타기보다는 말에서 중장비에 이르기까지 무엇이든 운전하고 조종할 수 있는 기술을 배우는 데 관심이 있다. 그리고 액세서리를 사 모으기보다 장신구가 눈에 들어오지 않을 만큼 빛나는 눈빛과 표정을 갖기 위해 공부하는 것이 더 의미 있다는 나의 가치관 때문이다.

이런 내게 감사한 것은 나의 이러한 가치관을 존중하고,

언제든 자신이 가진 것들을 내어주는 좋은 사람들이 주변에 있다는 것이다. 나를 응원하는 나의 사람들은 내가 바라든 바라지 않든 아무런 요청이 없어도 본인들이 생각할 때 내게 필요한 것들을 아무런 대가를 바라지 않고 지원해 준다. 촬영에 필요한 의상, 차량은 물론이고 배움의 기회나 다양한 경험 등 본인들이 하는 일과 관련이 있으면 먼저 손을 내밀어 준다. 드라마 촬영 때는 매 신마다 다른 옷을 입어야 할 때가 있는데, 역할과 상황에 맞게 의상을 준비하는 일은 여러모로 큰 부담이다.

"너 연기할 때도 트레이닝복 입을 건 아니지?"

감사하게도 작품에 들어가면 의상 관련 일을 하는 친구들은 내가 부탁하지 않아도 먼저 나서서 자기 옷을 가져다 입으라고 한다.

"누나, 매일 혼자 하는 유산소운동만 고집하지 말고 이런 것도 좀 해 봐요."

운동 관련 일을 하는 친구들은 먼저 체력과 체형관리에 도움이 되는 코칭을 아끼지 않는다. 설명하기 쉽게 예로 든 물질적인 도움뿐만 아니라 내가 하는 일을 알게 모르게 지켜보고 온 마음을 다해 힘이 되어 준다. 바쁜 시간을 쪼개내가 출연하는 작품들을 일일이 모니터하고 조언을 아끼지 않으며 더 나은 방향을 제시해 준다. 내 기사나 영상에 달린 불편한 댓글에 열과 성을 다해 내 입장을 대변하고 지지하기도 한다. 사회에서 만난 친구들이 이런가 하면 함께 10년을 동고동락한 경호실 선후배 동기들은 또 다르게 진하다.

"이수련이! 누가 뭐 괴롭히는 사람은 없나? 요새도 새벽 4시에 일어나서 운동하지? 드라마 봤다. 잘하던데? 네 뒤에는 언제나 든든한 친정이 버티고 있다는 거 잊지 말아라."

새벽 3시에 뜬금없이 전화해서 응원한다. 해외 출장 중인데 갑자기 나와 함께 그 나라로 출장을 갔던 기억이 나더란다. 세 번 울리기 전에 전화 받는 전화 대기 똑바로 하라는 농담 반, 이제는 다른 길을 걷고 있는 내가 건재하기를 바라는 진담 반으로 안부를 전한다.

더 이전으로 거슬러 올라가 보면 대학 졸업반 시절, 막막한 마음으로 언론사 입사를 준비할 때, 무료 배움의 기회를 준 기자 선생님도 계셨다. 아무리 새벽부터 밤까지 학원 청소와 잡무를 도맡아 했다지만, 한 번도 이거 해라, 저거 해라, 조목조목 할 일을 주신 적도, 내가 해놓은 일에 대한 평가를 하신 적도 없다. 아마도 선생님은 배우겠다는 열의만으로 무작정 선생님을 찾아온 내게 그냥 기회를 주고 싶으셨던 건 아닌지. 언론사 입사에서 갑자기 방향을 틀어 경호실에 입사하게 되었을 때도 선생님은 "잘됐다. 잘할 거야" 한마디만 하셨을 뿐이다.

이 책을 쓰게 된 것 역시 사람이 한 일이었다. 전에도 수차례 책을 써보자는 제안이 있었지만 매번 완곡히 거절했다.

"아이고, 제가 뭐라고. 아직 이릅니다."

기업이나 학교, 여러 단체 등으로부터 제의를 받아 강연을 다녔지만, 그때도 딱히 사람들에게 동기를 부여하고 뭔가를 알려주기보다는 그냥 내가 겪어온 것들을 담담히 들려주면 받아들이고 느끼는 바는 청중들의 몫이라고 생각했다. 딱히 목적하거나 뜻한 바도 없는데, 나이로 보나 경력으로 보나 아직 책을 쓰기에는 이르다고 생각했다. 책을 쓴다는 건 엄청난 과업을 이룬 대단한 사람만이 자신의 삶을 정리해 다른 사람들에게 더 나은 길을 제시하기 위한 거라고 단정했다. 그리고 아직 나는 거기에 한참 미치지 못한다고 생각했다. 언젠가 막연한 미래에 내 이야기를 쓸 수도 있겠다고 생각은 했지만, 아직은 논문이나 칼럼이라면 몰라도 진짜 오롯이 나의 이야기를 풀어내는 게 부담스러웠다. 내 솔직한 이야기를 누구나 볼 수 있게 온 세상에 오픈하는 게 꺼

려졌다.

이 책을 낼 때도 망설인 건 마찬가지였다. 다만, 이 책의 제안은 친구에게서 시작되었다는 것이 달랐다. 서로 걷는 길이 달라 졸업 후 자주 볼 수 없던 대학 동기가 벌써 몇 권의 책을 펴낸 작가가 되었다는 건 알고 있었는데, 이 친구가 자기와 인연이 있는 출판사의 제의라며, 연락을 해 왔다.

"수련아, 네가 망설이는 이유도 이해하지만, 그냥 한 번 만나봐. 벌써 몇 해 전에도 네게 같은 제안을 하셨는데 한 번쯤 만나서 이야기를 나눠보는 것도 좋지 않을까?"

바쁜 와중에 이미 한 번 거절한 내게 굳이 이렇게 열의를 보여주는 데 감사한 마음으로 친구를 따라 출판사와 만남을 가졌고, 그 만남이 이렇게 책을 내는 결과로까지 이어졌다. 열성적인 분들이 나서서 책을 쓰는 데 대한 막연한 어려움과 부담감을 낮춰준 덕에 정말 큰 부담 없이 노트북 앞에 앉아 글을 쓰기 시작했고, 막상 해보니 내가 걱정한 만큼 안 될 일도 아니었다. 이렇게 여러 사람이 손을 내밀어 준 덕에 나는 나의 이야기를 글로 쓴다는 또 하나의 도전을 해 냈고, 이 책이 나를 또 다른 어딘가로 데려다줄지, 새로운 설렘도 얻었다.

살면서 이렇게 수많은 좋은 사람을 만났기에 나는 언제나 사람에게 기대한다. 그러나 늘 좋은 인연에 대한 기대를 갖고 사람을 대하는 만큼 상처도 많이 받는다.

"이쪽에서 일하려면 감독이나 제작자들도 많이 알아둬야지. 이번 주말에 라운딩 어때? 그 지역 경찰에 높은 사람도 같이 하기로 했는데 이래저래 수련 씨가 와주면 좋잖아?"

"이번에 입봉하게 될지 모르는 감독이 있는데, 내가 수련 씨 이야기를 많이 했거든. 이 감독이 오늘 갑자기 술을 마시자는데 혹시 지금 좀 나올 수 있나?"

직업을 바꾸고 나서는 배우로서 연기할 수 있는 기회를 많이 얻고 싶은 나의 간절함을 이용해 자신들의 호기심을 충족하거나, 무슨 기회라도 줄 것처럼 불러내 시간을 허비하게 만드는 사람들이 많다. 함께 골프를 치고 술을 마셔야 인맥이 형성되는 것은 아니지만 대부분의 자리는 그러한 명목으로 만들어지고, 그렇게 만들어진 자리가 내게 연기에의 기회로 연결되는 경우도 드물다. 그러나 남의 간절함을 빌미로 귀중한 시간을 허비하게 하는 사람이 있는 반면, 먼저 나서서 자신의 귀중한 시간을 내어주는 사람도 분명히 있다. 애써 나서서 찾아다닐 때는 나타나지 않다가 어느 순간 갑자기 짜잔! 모습을 드러내 손을 내밀고 용기를 북돋아 주는 이런 아군들이 있기에, 그렇게 최소한의 나의 숨어있는 아군들이 나에게 닿을 수 있도록 나는 실망할 것을 알면서도 더 많이 만나고 더 많이 다녀본다. 그리고 감사한다.

세상에 당연한 호의는 없다. 마땅히 보답해야 할 감사한 선의만이 있을 뿐이다. 나는 대한민국 1호 여성 경호관으로서의 나의 지나온 경력을 함께했던 친정과도 같던 나의 경호실 인연에, 그리고 무모하리만큼 쉽지 않은 과정을 거쳐 새로운 인생을 살아가는 나의 도전을 귀하게 여기고 응원해주는 사람들에게 더욱 나은 나로 성장하는 모습으로 보답할 것이다.

04

'조준선, 공격발, 여유'

처음 경호관이 되었을 때, 당연하게도 나는 사격을 잘하지 못했다. 여대를 졸업하자마자 경호실에 입사했기에 군대를 가본 적도 없고 장난으로라도 총을 잡아본 적조차 없었다. 그나마 다행히도 권총이 주는 엄청난 반동에 놀라 총을 떨어뜨리거나 총구를 사람에게 향하는 등 말도 안 되는 실수는 없었지만, 한동안은 그 금속의 감촉과 무게, 소리와 궤적에 적응하기 바빴다. 경호관은 경호에 임할 때 언제나 장비의 첫 탄을 공포탄이 아닌 실탄으로 장전한 상태로 임하기에 총기를 다루는 데 있어서 한 치의 실수나 오차도 허용될 수 없다. 그래서 총기를 다루는 데 능숙해질 때까지 조금이라도 성적이 좋지 않으면 온갖 놀림의 대상이 된다.

"네 총은 산탄총이냐?"

사격 실력은 곧 경호관으로서의 자존심이자 능력과도 직결되는 것이어서 언제나 연습을 게을리할 수 없었다. 동기들 가운데 가장 저조한 명중률에서 시작해 25m 떨어진 거리에 위치한 담배꽁초를 맞추기까지 부단한 시간을 보내며 내가 터득한 명중의 법칙. 바로 '조준선, 공격발, 여유'다. 묘하게도 이 법칙은 내가 목표한 것들을 이뤄내는 과정에도 적용된다.

사격을 처음 접하는 초보자는 누구나 원거리에 위치한 표적지를 맞추기 위해 애쓴다. 보일 듯 안 보일 듯 한참이나 먼 거리에 위치한 표적, 그 가운데 높은 점수를 얻을 수 있는 과녁을 아무리 조준해 봐도 '거기 그쪽 방향 저만치' 그 이상의 의미는 없다. 한참의 무던한 시간이 흐른 후 비로소 깨닫는 건 저 멀리 표적지가 아닌 눈앞, 내가 쥐고 있는 총기의 조준선을 잘 봐야 한다는 것이다. 가늠쇠와 가늠자를 정확히 인지하고 끝까지 유지할 때 그 뒤 저만치 보이는 표적지가 굳이 인식하지 않더라도 흐릿하게 말 그대로 '배경'으로 인지되는 순간이 오는데, 그 순간 무심코 발사된 총알은 반드시 한가운데의 높은 점수에 명중한다.

삶에서 내가 목표로 하는 많은 일들이 그러했다.

'과연 내가 저기에 닿을 수 있을까? 너무 먼데? 너무 높이 있는데? 대체 얼마나 노력해야 하는 건데? 애초에 이룰 수나 있을까?'

저만치 멀리 떨어진 목표에 닿기 위해 아등바등하며 고민하기 시작하면 한도 끝도 없다. 그저 당장 내가 할 수 있는 것들에 최선을 다하며 하루 매시간을 채워나가기 시작하면 언젠가 반드시 그 목표에 닿게 마련이었다.

처음 내가 경호실에 사표를 내고 배우 일을 시작했을 때, 호기롭게 하고 싶은 일을 하는 데 의의를 두겠다며, 자신감만 보였다 할지라도 속내는 나 역시 많은 고민에 시달렸다.

'과연 이 나이에 맞는 선택일까? 나에게 기회가 올까? 누가 나를 써주기나 할까? 애초에 내게 배우의 자질이 있기는 한 걸까?'

그래서 일단 나는 그 모든 불안감과 걱정과 더불어, 내가 되고자 하는 배우로서의 목표를 저만치 멀리 세워진 표적지라 생각하고 애써 보이지 않는 곳에 미뤄두었다. 그리고 지금 당장은 단지 내가 쥐고 있는, 내게 주어진 하루 매시간, 매 순간의 조준선에 집중하고자 애썼다.

'지금 발음과 발성 연습을 시작해서 내가 하고 싶은 저 대사를 어떻게 소화하지?'

'손짓 하나 표정 하나 내 마음대로 안 되는데, 저 배우처럼 풍부한 연기를 언제쯤 할 수 있을까?'

백날 고민해 봐야 그 순간에는 해결되지 않는, 아무짝에도 쓸모없는 걱정이고 근심이었다. 어차피 그 단계에서 내가 할 수 있는 일은 없었다. 차라리 그 시간에 내가 할 수 있는 한 가지를 더 하는 게 시간을 가치 있게 쓰는 길이라고 마음을 다잡았다. 결과적으로 그 생각은 옳았다. 지금, 이렇게 나는 배우가 되어 있지 않은가? 목표가 너무나 멀리 있고, 과연 내가 저기에 이를 수 있을지 불안하고 걱정된다면, 감히 말한다. 걱정하지 말고 차라리 그 시간에 눈앞에 주어진 일들에 충실해라! 어찌 됐든 그 모든 순간이 쌓이고 쌓여, 우리는 언젠가는 반드시 지향하는 곳에 닿기 마련이다.

사격에서 또 하나 중요한 것은 힘을 빼는 것이다. 나이가 들어 새로운 운동을 배워본 적이 있는 사람이라면 누구나 공감할 것이다. 대부분 뭔가를 배울 때 한 단계 성장하는 시점은 몸에 들어간 불필요한 힘이 빠지는 순간부터 시작된다. 골프든 테니스든 춤이든 잔뜩 긴장해서 딱딱해진 근육으로는 원하는 성과를 내기는커녕 다치기 십상이다.

사격에 있어서 그 시작은 총기가 주는 낯선 촉감과 예상 외의 무게에 익숙해지는 것이다. 그다음은 방아쇠를 당기는 촉감, 총알이 발사되는 순간의 느낌, 발사와 동시에 주어지는 엄청난 총성과 반동과 친밀해져야 한다. 이 모든 것들에 익숙해져야 비로소 힘이 빠진다. 그러나 이 모든 것과 익숙해지기 위해서는 엄청난 훈련과 시간이 소요되기에, 의도적으로 훈련하는 방법 중 하나가 공격발 훈련이다. 실탄과 불발탄을 무작위로 섞어 삽탄한 후 사격을 해보는 건데, 당연히 실탄일 거라 예측하고 격발했을 때 돌아오는 픽, 하고 꺾이는 허무한 반동, 고막을 뚫을 듯한 총성을 예상하여 방아쇠를 당겼는데 픽, 하고 돌아오는 총기의 비웃음과 마주할 때 비로소 내가 한껏 힘을 주고 총기를 파지했음을 깨닫게 된다.

하나, 둘, 셋! 요이 땅! 작심하고 당겼지만, 사실은 아무런 반동도 충격도 오지 않는 순간, 그제야 내가 얼마나 긴장해서 잔뜩 힘을 주고 있었는지 알게 되는 것이다.

라켓을 휘두르며 '자, 이 포인트에 이 순간에 딱! 맞춰야지!'라고 순간을 겨냥해 공을 맞히는 사람은 없지 않은가? 잔뜩 들어간 힘이 애먼 곳을 때리거나 엉뚱한 타점에 공을 가격해 다른 곳으로 튀기 마련이다. 수많은 연습 속에 자연스럽게 휘둘러진 라켓이 그 어딘가 포인트에서 산뜻하게 공과 만날 때, 가장 정확히 타점에 맞는 순간의 기쁨은 성취한 사람만이 안다.

목표를 이루는 일 역시 다르지 않다. 힘을 빼고 여유를 가지고 기다리는 자가 이뤄낼 수 있다.

'지금이야! 이 포인트야! 이거 아니면 안 돼! 지금이 딱이야!'

잔뜩 힘주고 기를 써서 노력했지만 실망스러운 결과가 오기도 한다.

'됐어. 이번엔 시험 삼아 그냥 한 번 해보지, 뭐. 큰 기대 안 해.'

그런가 하면 은근히 던진 배팅에서는 기대 이상의 좋은 결과를 얻기도 한다. 잔뜩 힘을 주고 아등바등 노력해 봐야 진만 빠진다. 마땅한 노력의 시간이 흐른 뒤에 올 순간을 미리 기대하고 실망을 거듭해 봐야 지치기만 한다. 내가 손에 들고 있는 총의 무게가 느껴지지 않을 때, 이게 실탄일지 불발탄일지 다가올 충격과 반동이 아무렇지 않을 정도의 순간이 올 때까지 그저 지금 할 수 있는 노력을 다하면 반드시 명중의 순간은 오고, 그건 나의 실력이 된다.

사격을 잘하는 노하우 중 가장 어렵게 체득했던 것이 '여유'다. 눈앞에 표적지가 시간에 맞춰 획획 넘어가고, 옆 사로에서는 "탕! 탕!" 시간을 다퉈 격발 소리가 이어진다. 나만 시간에 쫓기고 휘둘리는 느낌에 나도 모르게 여태껏 되뇌던 주문을 깨뜨리고 마구잡이 서부의 총잡이처럼 방아쇠를 낚아채고 만다.

여유는 나에 대한 믿음, 더 자세히는 내가 그동안 충실히 노력해 온 시간과 실력에 대한 믿음에서 나온다. 나는 이미 지난 수많은 시간, 수많은 연습을 통해 지금 이 시간을 준비해오고 있지 않았던가? 지금 방아쇠를 당기는 이 순간이 지나온 나의 매 순간과 다르지 않음에 여유롭게 미소 지으며 내 페이스에 맞춰 방아쇠를 당길 수 있을 때, 총알은 정확히 표적지의 정중앙을 관통한다. 이루고 싶은 것이 있을 때, 그것에 대한 열망이 간절할수록 조급해지는 것이 사람 마음이다. 그리고 그 조급함을 여유로 바꿀 수 있는 것은 바로 수많은 시간 기울인 간절하고 성실한 노력이며, 그에 대한 나의 믿음이다.

05

그대, 그저
멈추어 있지만 말라

　왜 살아가야 하는지 모를 결핍의 시간을 보내던 때의 나는, 일단 왜 태어났는지는 모르겠지만 어떻게 살지는 내가 정하기로 했다.

　어릴 때는 장래 희망이 있어서 매일의 현실을 버티고 산다. 딱히 엄청나고 구체적인 목표가 있었던 건 아니지만, 이른 아침부터 밤늦은 시간까지 책상 앞에 엉덩이를 붙이고 앉아 끝나지 않은 수업을 들어야 했던 학창 시절에는 '대학만 가고 나면!'이라는 꿈이 있었다. 대학에서 알바와 시험으로 점철된 나날을 보내던 순간에는 '취업만 하고 나면!'이라는 기대가 있었다.

이러한 장래 희망을 이루고 다음에는 연애를 통해 사랑하는 이와 함께할 알 수 없는 미래에 대한 설렘으로 현실을 살아가고, 가정을 꾸린 후에는 가족의 행복과 아이들이 누릴 더 나은 미래를 기대하며 현실의 고충을 견딘다고 한다. 그만큼 인생은 불확실하고 힘든 날들이 많기에 사람은 누구나 현재와 다른 어떤 변화를 꿈꾸고 기대한다는 말일 것이다. 이 나이대 대부분이 걷는 길에서 조금 벗어나 남들과 다른 길을 걷고 있는 나는 또 다른 설렘을 만들기 위해 현재의 나를 바꿔나가고 있다. 내가 이루고픈 설레는 내일에 닿기 위해서 나의 능력치를 높여 나가는 중이다.

배우가 된 지 한참인 지금도 나의 일상 루틴은 경호관 때와 크게 다르지 않다. 연무관 문을 열고 들어서던 그 시절처럼 새벽 네 시 반이면 일어나서 하루를 시작한다. 침대에 쉽게 늘어져 있지 않도록 벙커 형으로 짠 이층 침대에서 눈을 뜨면 나는 곧장 사다리를 타고 내려와 운동복을 입고 집을 나서 조깅한다. 모두가 잠들어 있을 것 같은 그 어둠 속에서도 이미 하루를 시작한 사람들이 있다. 거리를 빛내고 있는 환경미화원, 누군가 주문한 물건들을 분주히 배달하는 택배 배달원, 어딘가 종종걸음으로 향하는 아주머니, 아침 신문을 챙기는 경비 아저씨, 운동을 나서는 나를 보고 화들

짝 놀라 도망가는 길고양이에 벌써 일어났나 싶게 지저귀는 새들까지. 이른 시간에도 환하게 불을 밝힌 건물 어딘가에서 흘러나오는 빛까지, 이 새벽이 나 혼자만의 것이 아님을 깨우쳐 준다.

새벽에 일어나는 일은 익숙함에 상관없이 고되다. 피곤하다. 하지만 나는 준비되어 있지 않은 내가 싫다. 경호관 시절 언제나 준비된 상태로 언제가 될지 모를 출동의 순간에 대비했듯 내게 다가올 어떤 작품 속 새로운 인생, 캐릭터를 연기하기 위해 언제나 준비된 모습으로 대기하고 싶다. 나 역시 아무것도 하지 않고 누워있는 게 세상에서 가장 쉽고 편하다. 하지만 그건 언제든 굳이 마음먹지 않아도 할 수 있는 일이기에 지금은 굳이 몸을 일으켜 공들여 할 수 있는 일에 주어진 시간을 쓴다.

아침을 흠뻑 땀으로 적시며 달리는 길에도 다양한 경험이 생긴다. 어디선가 흘러나오는 매캐한 연기의 진원지를 따라가 건물의 화재를 진압하기도 했고, 거리에 쓰러져 있는 초로의 신사를 발견해 심폐소생을 하고 생명을 살린 적도 있다. 다행히 그런 다이나믹한 사건·사고가 늘 발생하는 것은 아니라서 평범하고 익숙한 조깅을 즐길 때면 새로운 도전의 꺼리를 찾는다. 오가는 길에 새로 생긴 아크로바틱

학원, 주짓수 도장, 독일어 학원, 원데이 음악 레슨 등. 새로운 것들을 만나면 기억해 두었다가 시간이 날 때 들러본다. 실제로 그렇게 들러 시작한 일들이 지속적인 취미와 특기가 되기도 했다.

우연히 시작한 탭댄스로 이제는 한 곡쯤 멋들어진 공연을 보여줄 수 있게 되었고, 채소 다듬는 것조차 버벅대던 내가 불현듯 찾아간 요리학원에서 보낸 시간 덕에 일식 조리사 자격증도 취득했다. 이렇게 시작한 새로운 도전들은 복어조리기능사부터 프랑스어 회화에 이르기까지 줄지어 보면 꽤 다양하다. 이 모든 것들이 내게 눈에 보이는 성과를 가져오리라 생각하지 않는다. 하지만 어쩌면 나는 방송에서 멋진 탭댄스로 장기를 펼칠 수도 있고, 외국에 나가 일식도를 능숙하게 다루며 회를 뜨고 초밥을 만드는 모습을 선보일지도 모른다. 그 무엇이 나를 어디로 데려다 줄지, 될지 안 될지 모른다. 해 봐야 안다. 그래서 해 봐야 한다.

"이렇게까지 열심히 살고 노력했는데 왜 안 돼?"

일단 할 수 있는 걸 모두 해 본 다음에야 혹시 내가 생각한 대로 내 인생이 흘러가지 않을 때, 떼라도 써볼 수 있지 않겠는가?

언제든 불러주기를 기다리고 선택받아야 하는 배우의 삶은 화려함과는 거리가 멀다. 대부분 비어있는 시간을 스스로 채워야 한다.

'TV만 틀면'을 벗어나 이제는 OTT 플랫폼에 이르기까지 영화, 드라마, 예능을 아우르는 많은 콘텐츠가 넘쳐나지만, 그 안에 내가 설 자리는 쉬이 오지 않는다. 수많은 오디션과 경쟁을 거쳐 선택받아야 작은 하나의 기회라도 만들 수 있다.

내로라하는 제작사들과 캐스팅 담당자들에게 수시로 업데이트한 프로필을 돌리고, 바라 마지않던 작품의 오디션을 보고 돌아오는 길에도 "내가 될 거야!"라는 희망보다는 "안돼도 후회는 없다"는 만족감으로 미리 아물지 않은 상처에 딱지를 덧댄다. 후회라곤 한 톨도 남기지 않을 만큼 내 모든 것을 보여주고 돌아왔으니 만족한다. 나라는 사람을 각인시켰으니 언제라도 기회가 오겠지, 하는 마음으로 미리 오디션에 거는 기대를 절반만 남겨둔다.

배우라는 직업이 그렇다. 집에서 혼자 거울 보고 연기하는 데 만족하지 않는 이상, 선택을 받아야 일이 생기고, 가치를 인정받는다. 내가 하고 싶어 하는 연기도 그 기회가 주어졌을 때 비로소 갈고닦은 실력을 내보일 수 있다. 오디션을 보고 결과를 기다리는 심정은 마치 마음에 드는 상대방과의 소개팅 후 연락을 기다리는 마음과 닮았다.

'정말 마음에 들었는데, 왜 연락이 안 오지? 내일은 연락이 올까? 혹시 내가 부재중 연락을 놓친 건 아닐까? 내가 먼저 연락을 해봐야 하나?'

잠자리에 누워도 도무지 눈이 감기지 않는 기다림의 시간이 지나고 나면 또 다른 번민이 찾아온다.

'역시 내가 마음에 안 드는 건가? 내가 뭘 잘못했나? 뭐가 모자랐나? 다른 옷을 입고 갈 걸 그랬나? 남들처럼 비싼 숍에 가서 메이크업이라도 받고 갈 걸 그랬나? 내 노력이 모자랐나? 내일은 이미지 변신도 할 겸 머리라도 하고 프로필 사진을 다시 찍을까?'

선택받지 못한 탓을 나의 부족함으로 돌리고, 주어지지 않은 일로 인해 남게 된 시간들. 내일 뭐 할지 걱정하고 도대체 왜 나는 안 되는 건지, 되뇌게 되는 많은 순간에, 나는 조금 더 나은 내가 되기로 했다. 실연의 상처를 극복한 사람이 다시 누군가를 만났을 때 더 나은 내가 되기 위해 노력하는 것처럼, 나는 내게 주어진 얼마가 될지 모를 길고, 빈 시간을 기회가 주어졌을 때 멋지게 낚아챌 수 있는 배우가 되기 위해 스스로를 채우고 발전시키며 보내기로 했다.

"3대 몇 쳐요?"

운동하는 사람 사이에서 흔히 묻는 말이다. 웨이트 트레이닝의 기본이 되는 세 가지 운동, 스쿼트, 벤치프레스, 데드리프트의 세 가지 운동을 할 때 얼마나 많은 무게를 안정적으로 드는지를 통해 운동 성취의 척도로 여기는 데서 나온 질문이다. 나는 이렇게 대답한다.

"이대, 군대, 청와대요."

나는 성실히 공부했고 힘들다는 훈련을 받았으며 경험하기 힘든 직업을 거쳤다. 이만큼 내가 살아온 성취의 척도를 잘 표현하는 말이 있을까? 앞서 신체적, 경제적으로 결핍된 부분을 집중해 언급했지만, 감사하게도 나는 부모님께 그 무엇보다 좋은 유산을 물려 받았다. 사람으로서 지켜야 할 기본적인 인성, 예의, 감사하고 보은할 줄 아는 마음, 누군가 도움을 청할 때는 내가 그만큼 가진 것에 감사하며 베풀고자 한다. 나보다 약한 사람을 내 뒤에 두어 지켜주며, 옳다고 생각하는 나의 기준을 한 번 더 경계하고 뭐든지 배우려는 자세와 같은 기본적인 것들은 나의 근간이 되었고, 단단한 뿌리가 되어 언제 어디서나 나를 바로 서게 한다.

이러한 좋은 가르침 아래서 매 순간 성실히 살며 지내온 모든 것들을 바탕으로 성장하기 위해 시간을 보낸다. 지금 당장 내가 하는 행동이 성과로 돌아오지 않더라도 상관없다. 무언가 하고 있음을 통해 성장하고 있다는 걸 느끼면 된다. 좋아하는 일을 하고, 꿈을 이루고, 미래를 향해 나가는 매 순간 스스로 성장하고 있음을 인지하는 것이 중요하다.

당장 온 세상이 아는 스타가 되어 작품에서 빛을 발하지 않더라도 나는 연기하는 순간, 그리고 연기를 준비하는 순간에도 좋은 배우로 성장해 나가는 과정에 있는지 되묻는다. 못했던 것을 해낼 수 있게 되었는지, 몰랐던 것을 배우고 있는지, 보지 못했던 것들을 보고 듣고 느끼게 되었는지, 단순히 역량을 크고 넓혀가는 것뿐 아니라, 하나의 인간으로서 더 크고 넓고 깊은 그릇이 되어가고자 한다.

내가 어떤 캐릭터를 연기하든 그 캐릭터는 나라는 '그릇'에 의해 담겨 표현되기 마련이다. 똑같은 역할이라도 연기하는 배우에 따라 전혀 다른 모습으로 해석될 수 있다. 어떠한 역할이든 그 연기를 접하는 수많은 다양한 사람이 공감할 수 있도록 표현이 되기 위해서는 그 역할을 담아내는 배우의 그릇이 크고 맑고 유연해야 한다. 너무나 감사하게도 내가 꿈을 이뤄가는 과정이 이렇게 '크고, 맑고, 유연한' 사람이 되어 가는 것이기에 내가 채워가는 시간은 나를 성장시킨다.

누구에게나 뭔가를 꿈꾸고 매일을 살아가고 목표한 것을 이뤄나가는 과정이 '성장'의 과정이기를 바란다. 좋아하는 일을 하고 꿈꾸는 것에 닮아가는 오늘도, 혹은 그저 매 순간 주어졌기에 그저 흘러가는 대로 살아가고 있는 오늘도 모두 의미가 있지만, 그 모든 순간이 머물러 정체되는 게 아닌, 채우고 성장하는 과정이면 좋겠다. 내가 가진 재능과 목표가 예쁜 꽃이라면 그 꽃을 따다 책갈피에 넣고 혼자 영겁의 시간 말려두어 즐기지 말고 그 꽃이 핀 자리에 거름을 주고 씨를 받아 계속 꽃을 피우길 바란다. 드러내 펼쳐 보이면 어디까지 데려다줄지 모를 자기의 날개 근육을 단단히 키워나가는 건 자신의 몫이다. 아무것도 하지 않으면 아무 일도 일어나지 않는다. 인생에 아무런 변화도 없는 것 같고 아무 일도 일어나지 않는 것 같다면 뭐라도 해보자. 그저 주저앉아 아무것도 하지 않고 가만히 있지 말라. 뭐라도 하면 그게 당신의 내일을 바꿔준다. 다른 내일로 당신을 데려다줄 테니.

왜 사는지 모르겠지만,
어떻게 살지는 내가 정한다

혼자 살다 보니 자주 이용하게 되는 배달 앱(App : Application)에서 눈길이 가는 광고를 보았다.

"걸어서 운동도 하고 용돈도 버는 알바."

안 그래도 새벽에 혼자 공원을 뛰는 게 심심하던 차에 이건 뭐지? 하고 시작하니 신세계가 펼쳐졌다. 짧은 거리를 이동하며 사람들이 주문한 음식을 배달해 주면 마치 게임에서 보상을 얻듯 소소한 금액이 보상으로 돌아왔다. 이 글을 시작하며 소개한 내 하나의 부캐는 이렇게 시작됐다. 처음에는 무작정 혼자 뛰는 게 심심해서 시작했지만, 시간이 날 때마다 틈틈이 앱을 켜게 되는 데는 운동의 동기부여 외에 다른 이유가 있다.

　배달 앱을 켜는 순간 철저히 배달 라이더의 모습으로 변장해 배달 기사라는 하나의 캐릭터를 연기하는 나는 이제껏 알지 못했던 사람들의 다른 면을 마주한다.

　"음식물 냄새 나니까 걸어가든지 저기 화물 엘리베이터 이용하세요."

　"아, 주소를 잘못 입력했네. 천 원 더 줄 테니 여기 주소로 다시 배달해 주면 안 되나?"

　"야, 거기 배달! 몇 층 가는지 말하고 올라가라고!"

　"어? 여자네? 남편 벌이가 시원찮아요? 애들 학원비라도 좀 벌려고 나왔나?"

　대통령 경호관으로서, 배우로서, 내가 마주했던 얼굴과는 사뭇 다른 얼굴들이다. 그 안에는 웃는 얼굴과 세상에 다시 없을 친절로 나를 대하던 사람부터 한껏 예의 바르고 교양 있는 태도로 주변을 대하던 사람들까지 섞여 어쩌면 내가 평생 몰랐을지도 모를 그들의 다른 면면을 보여준다.

　"제발 이렇게 살지 맙시다. 세상에 다시 없을 인간 말종!"이라는 제목의 짧은 영상으로 떠돌아 유명해진 내 진상 고객 연기는 이렇게 탄생했다. tvN 드라마 〈술꾼도시여자들2〉의 한 에피소드에서 나는 하루에 세 번 마주치는 배달 기사를 상대로 인격을 모독하고 한없이 하대하는 연기를 펼쳐 배달 기사의 설움에 공감한 시청자들로부터 두고두고 욕을 먹는 기쁨(배우로서의)을 누렸다. 이 연기에서 나는 내가 실제로 마주했던 수많은 표정과 눈빛, 제스처, 목소리를 고스란히 녹여냈다.

이렇게 연기에의 좋은 자산이 되어 주는 배달 앱을 통해 정말 한 푼 두 푼 쌓인 배달비로 나는 기부를 한다. 거창하게 기부라고 하기에 부끄러울 정도로 적은 금액이지만 그냥 내가 얻은 쓰고 짠 연기 겸 인생의 레슨비를 조금은 의미 있는 일에 쓴다는 데 의미를 둔다.

대통령 경호관이었고, 배우인 동시에 방위산업 앰버서더이기도 한 나는 배달원의 모습으로 변장했을 때는 철저하게 무시당하고 홀대받는 사람이다. 남들이 그 순간의 나를 어떻게 대하든 그들의 그런 얼굴을 배우고, 새기는 나에게는 그저 연기의 자산이 될 뿐 상처가 되지 않는다. 내게는 그렇게 경험한 것들을 연기로 녹여내 사람들의 마음을 울릴 설레는 내일이 있고, 무엇보다 나라는 사람이 쌓아온 가치